아바타 여행

아바타 여행

1판 1쇄 인쇄 2016년 10월 4일
1판 1쇄 발행 2016년 10월 10일

지은이 배드맨(김대현)
펴낸이 한익수
펴낸곳 도서출판 큰나무
등록 1993년 11월 30일 (제5-396호)
주소 (10424) 경기도 고양시 일산동구 호수로430번길 13-4
전화 031-903-1845
팩스 031-903-1854
이메일 btreepub@naver.com
블로그 blog.naver.com/btreepub

값 13,000원
ISBN 978-89-7891-306-5 (03810)

배드맨(김대현) 지음

아바타 여행

아무 계획 없이 목적 없이 무작정 떠나는

큰나무

새벽 4시에 일어났다. 평소였다면 금방 다시 잠들었을 것이다.

잠시 폰으로 웹서핑을 하다 보니 '오늘 뭐 하지?'란 생각이 들었다.

반복되는 무료한 일상에 무기력해지는 느낌이었다.

답답한 마음에 어디라도 여행을 가기로 마음먹었다.

집에서 멀지 않은 곳으로 여행지를 찾고 있었다.

문득 몇 달 전 여행 계획을 세워놓고 결국 떠나지 못했던 기억이 떠올랐다.

여행지를 정하고 맛집을 찾고 볼거리를 알아보기만 하고

정작 출발은 안 했다.

오늘은 계획 없이 랜덤여행을 떠나기로 했다.

우선 어떤 방식으로 진행할 것인지 명확하게 정할 필요가 있었다.

"나는 어느 커뮤니티 사이트에
현재 내 모습을 담은 사진에 글을 담아 선택지를 만들어 올린다.
네티즌들은 선택지 중 자신이 원하는 것을 고르고 나는 실행한다."

이런 식으로 여행지, 먹을거리, 볼거리 같은 것을
모두 익명의 사람들의 선택을 받아 여행을 하는 것이다.

이렇게 '실시간 아바타 여행'이라는
랜덤여행이 시작되었다.

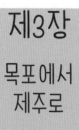  

제1장

부천에서
무안으로

부천-무안 (330.29km)
버스 (5시간)

일러두기

이 책의 내용은 인터넷 커뮤니티 사이트인 오유(오늘의유머 www.todayhumor.co.kr)에
게시되었던 '실시간 아바타 게임' 1~12편의 글과 댓글 등을 편집한 것입니다.

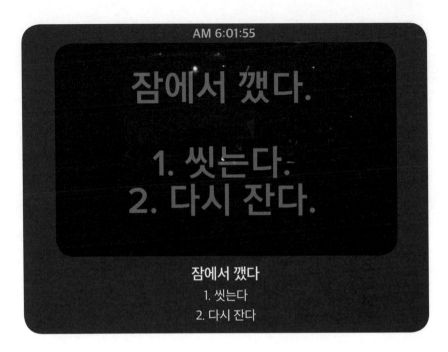

AM 6:01:55

잠에서 깼다.

1. 씻는다.
2. 다시 잔다.

잠에서 깼다
1. 씻는다
2. 다시 잔다

인터넷 커뮤니티에 올린 나의 사진 한 장

어디라도 무작정 떠나고 싶었다.

👤 **라임농***　　　다시 잔다.

👤 **견적셔***　　　끝.

그냥 자려고 했으나 잠이 오지 않아

다시 선택지를 올려본다.

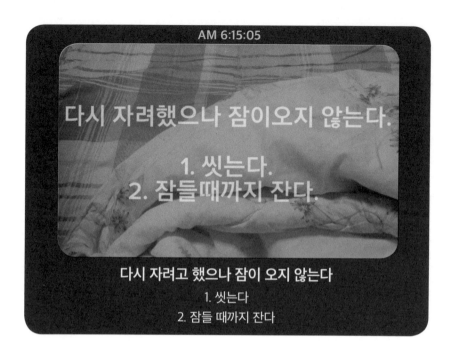

다시 자려했으나 잠이오지 않는다.

1. 씻는다.
2. 잠들때까지 잔다.

다시 자려고 했으나 잠이 오지 않는다

1. 씻는다
2. 잠들 때까지 잔다

예지아*

샤워 이벤트 씬 없는가여...

에덴동*

1. 씻는다. 구석구석.

씻는다. 구석구석.

오늘은 계획 없이 랜덤여행을 떠나기로 한다.

인터넷상의 누군가가 선택한 대로

여행을 떠나는 것이다.

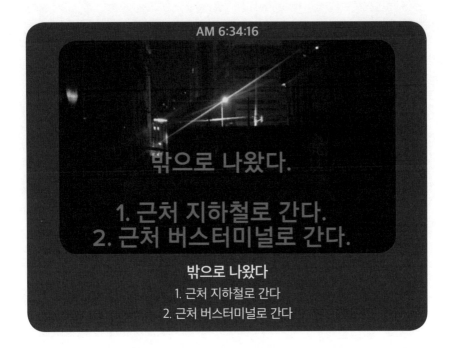

AM 6:34:16

밖으로 나왔다.

1. 근처 지하철로 간다.
2. 근처 버스터미널로 간다.

밖으로 나왔다
1. 근처 지하철로 간다
2. 근처 버스터미널로 간다

🧑 **기침했*** 　　　2번!!!!!

간혹 즉흥적으로 여행을 떠나본 적은 있었지만

본 적도 없는 누군가와 소통하며

그들이 정해주는 곳으로 가는 경험은 처음이었다.

설렘 반, 두려움 반으로 집을 나섰다.

이른 아침이라

사람들의 댓글이 잘 올라오지 않았다.

터미널까지는 걸어서 35분 거리다
1. 무조건 걷는다
2. 택시를 탄다

라쿠*　　　　　　1

물론 걸어가라면 걷는다.

해가 뜨지 않은 새벽녘은 조용하고 차분하다.

가끔 마음이 무겁거나 고민이 많은 날에는

새벽에 밖에 나가 바람을 쐰다.

바람을 쐬면 기분이 좋아진다.

배드맨

걷는다.

제과제빵* 걷는다... 아련아련ㅠㅠ

라쿠* 아........ 미안하네요ㅜ

배드맨

부천 소풍터미널이
보인다.

터미널에 도착한 후 어디로 갈지 잠시 고민을 했다.

밤에는 집에 가야 하기에 너무 멀리 떠나는 것은 무리라고 생각했다.

하지만 네티즌들의 선택대로

여행을 하기로 정했으니

그들의 뜻에 맡기기로 했다.

터미널에 도착했다
1 2 3 4 5 6 7 8

👤 **견적셔***   무안을 가서 무안하게 무안단물을 먹고 온다.

👤 **행복하세***   사건의 시작.

👤 **사장불러***   전설은 아니고 레전드급 사건의 전초드립 ㅎㄷㄷㄷ

👤 **반지***   사람들이 왜 작성자분이 무안을 가는지 모르실 수 있으니까 이 댓글도 추천합니다.

프리큐*

무안이 어디냐면...

한 번도 가본 적 없는 무안을 가게 되었다.

무안을 가라고 댓글을 단 한 유저로 인해 아바타 여행은

나 혼자의 여행이 아닌 모두의 여행이 되었다.

왠지 즐거운 여행이 될 것만 같은 기분이 들었다.

배드맨

무안행 티켓을 얻었다.
5시간이나 걸린다.

1. 먹을것을 찾아본다.
2. 그냥 굶는다.

무안행 티켓을 얻었다.
5시간이나 걸린다.
1. 먹을 것을 찾아본다.
2. 그냥 굶는다.

묘이미*

저런, 뭐라도 좀 드세요. 1

배드맨

2,150원에 물과
식량을 구했다.

AM 7:45:32

무안행 버스에 탑승했다.
1. 5시간동안 잔다
2. 가지고 온 책을 본다.

무안행 버스에 탑승했다
1. 5시간 동안 잔다
2. 가지고 온 책을 본다

열심히했** 　책을 본다!

배드맨

책을 본다.

책을 본다.

금마가멀** 　수잔... 약혼자가 있었어...

루나틱에* 책보다 잠든 거 같은데요?!

야마모토*** 작성자님 돌아오세요!!

고급먹* 이 사람들이 작성자님을 어디로 보내는 거야?ㅋㅋ

배드맨

책은 아무래도 무리다.
1. 가져온 과자를
먹는다.
2. 휴게소에 도착할
때까지 잔다.

루나틱에* 일단 먹고 보시죠 ㅋㅋㅋ

배드맨

먹는다.
그러나 너무 짜다.

정신차려** 김밥에 싸먹는다 ㅋㅋㅋ

배드맨

무안에 도착하면 먹어야 한다.
1. 터미널 옆 낙지골목에 간다.
2. 아바타에게 맛집을 추천해준다.
3. 좀 더 검색해본다.

에그니비*

1 터미널 옆 낙지골목을 간다

비공감할*

4.식욕이 급 떨어져서 굶어본다

썬더치킨*

이쯤 되면 무안 추천하신 분도 무안으로 출발하셔야
하는 거 아닙니까ㅋㅋㅋ

도로시*

무안 도착하면 무안공항으로 가서 제주도로 온다.
오시면 술 사줄게요ㅋㅋㅋ

호이포*

월요일부터 여행 가는 기분ㅋㅋㅋ
우선 낙지 먹고 뭐 할지 고민해봐요ㅋㅋㅋ

모데*

무안 시민은 맛집을 뿌려라.

사람들은 나와 함께 여행을 하는 것처럼 즐거워했지만

도대체 이 여행을 왜 하는지 궁금해했다.

왜? 도대체 왜?

나는 보통 여행을 떠난다고 할 때의 거창함 없이

가방에 책 한 권과 과자 하나 들고 어디라도 가서 쉬고 싶었다.

그게 동네 공원이어도 좋았을 것이다.

배드맨

휴게소에 도착했다.
1. 뭐든 먹는다.
2. 화장실만 간다.

여자사람**** 뭐든 먹어요!!! 핫바

배드맨

맛있다...!!

음..난마* 3. 출발할 때 다른 버스를 한번 타본다.

건방진변** 하정우처럼 먹어주셈~

일면식도 없는 사이지만 나와 함께 여행을 즐기고 있을
인터넷상의 사람들이 마치 알고 지내던 친구처럼 느껴졌다.

공대망했**　이게 뭐야ㅋㅋㅋㅋㅋㅋㅋㅋㅋ 같이 두근두근!!!

호랑이키*　ㅋㅋㅋㅋㅋㅋ 다음 지령 뭔가요ㅋㅋㅋㅋ

욕은나빠**　무안은 제 여자친구 고향입니다. **아파트를 찾아 보여주시면 감사하겠습니다. ㅋㅋㅋㅋㅋㅋㅋㅋㅋㅋㅋ

마이다*　...저...적군이다!!! 사격 준비!!!!

雲*　거 로드뷰로 보시오. 거참...

사람들은 수많은 댓글로 자신의 기억, 소중한 것을 떠올리며 즐거워했다.

갤러혜*　출근해서 글 보면서 낄낄대는데 실시간인 거 보고
시계랑 화면 번갈아 보면서 당황했다고 한다.

굴은감*　아 실시간이었구나... 아니 왜 작성자를 무안까지. ㅠㅠㅠ

Bach**** 헐 지금 가고 있어요? 버스에 있어요?ㅋㅋㅋㅋ 대박ㅋㅋ

또한 실시간으로 함께 여행하는 것에 기뻐했다.

Work******* 작년에 무안 여행 다녀왔어요~~ 낙지만 먹고 목포로
가세요..... 아니면 곰탕집 유명한 데 있는데 거기로 가든가
아니면 양파가 유명하니 생양파를 드세요.

솜나* 이렇기에 세상은 참 특별한 듯하다.
평범하게 살 수밖에 없을 것 같은 세상에
이런 사소한 생각과 행동만으로
자신과 타인들을 잠시만이라도 특별하게 만들 수 있으니.

견적셔* 와, 일이 커져 있어.

투르크* 이분 무안 가라고 하신 분ㅋㅋㅋㅋㅋㅋㅋㅋㅋㅋㅋ

꽁맛* 여러분 이래서 말이 무섭습니다ㅋㅋㅋㅋㅋㅋㅋㅋ

DIAN* 내 고향인데..
와우.....

배드맨

비.. 비가 온다...

추천남*

어떡해 비 온대ㅋㅋㅋㅋㅋㅋㅋㅋ 못살겠당ㅋㅋ
무안에 계신 오징어 있나요??? 마중 좀 나가줘요ㅋㅋㅋ

배드맨

함평에 도착했다.
아마도 15분 정도면
무안에 도착한다.

불면증말*

심심해서 무안단물 찾아보니 뭐가 있긴 한가 본데
식용금지...

부*

무안 낙지 '동산정' 추천해요. 가서서 낙지 탕탕이
꼭 드셔보시길ㅎㅎ 아무튼 응원합니다.

토템이안**

무안이 무슨 경기도 근처 어디 있는 것도 아니고ㅋㅋㅋㅋ
ㅋㅋㅋㅋㅋ 저렇게 망설임 없이ㅋㅋㅋㅋㅋ

김초*

아니 이게 뭐야. 미연시인 줄 알았더니ㅋ 무안시네ㅋㅋㅋㅋ

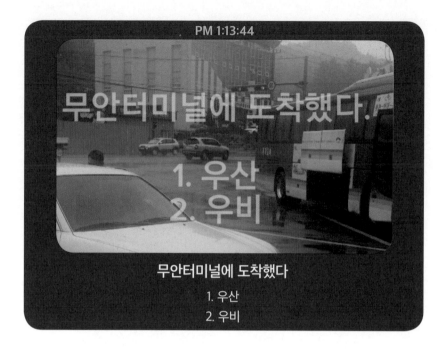

PM 1:13:44

무안터미널에 도착했다
1. 우산
2. 우비

비가 올 것을 대비해서 챙겨온 것은 아니지만 가방에 우산이 있었다.

여행을 할 때 비가 오면 주변 경치나 분위기를 느끼기가 힘든 것 같다.

그래서 가끔은 우산보다는 우비를 입고 돌아다니면 좋겠다는 생각을 했었다.

우비를 입고 돌아다녀본 기억이 없어 선택지를 만들어봤다.

👤 **동물의***   분홍색 우산

👤 **김식***   우산이요! 감기 조심하세요 ㅠㅠㅠ

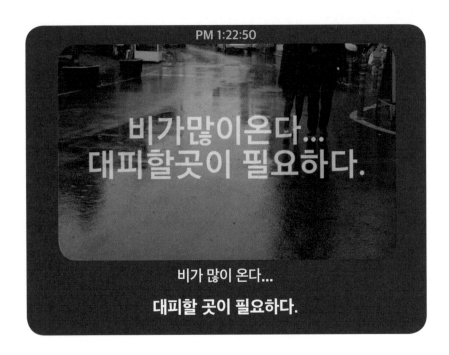

PM 1:22:50

비가많이온다...
대피할곳이 필요하다.

비가 많이 온다...

대피할 곳이 필요하다.

가방에 있는 우산을 쓰고 무안터미널 근처를 둘러보았다.

터미널 근처에는 시장과 식당들이 있었다.

비를 비해 시장을 잠시 둘러본 후 적당한 곳에서 식사를 할 생각이었다.

네티즌들은 무안의 맛집과 여행 코스까지 알려주었다.

혼자 온 여행이지만 인터넷상의 사람들과 소통하며

함께 하는 여행이 신선하게 느껴졌다.

 삐약식*   일단 앞의 커플을 해치워욧!!

SO색*
1. 눈앞에 보이는 커플의 우산 속으로 뛰어든다.

날*
식당 갑시다 ㄷㄷㄷ 근데 오늘 비 종일 올 텐데...

KJ12*
식사부터 하세요 ㅠㅠㅠㅠㅠㅠㅠㅠㅠ
하필 가도 무안. 멀리도 가셨네 ㅠㅠㅠㅠㅠㅠ

삐약식*
동산정에서 따끈한 탕을 먹으며 머리를 감싸쥐고
몇 시간 전 버스에 올랐던 일을 후회한다.

배드맨

근처 식당으로 들어왔다.
가격이 5만 원 이상이다.
1. 세발낙지
2. 낙지비빔밥

마음품**
2

배드맨

낙지 비빔밥과
세발낙지 2마리를
주문했다.

PM 1:35:23

꿈틀꿈틀... 마치 주인님을 보는 것 같다

1. 맥주를 시킨다　2. 소주를 시킨다

3. 낮에는 자제한다

매튜맥커**　3 자제자제

자이기*　운치 있다. 이 한마디를 위해 몇 개월 만에 로그인하네요!

오유도공*　이쯤 되면 무안 가라고 하신 분
지금 얼른 내려가서 술 한잔이라도 사주셔야 할 듯ㅎㅎㅎ

버스를 5시간 이상 탔더니 갈증도 나고 술 한잔 먹는 것도 나쁘지 않다고
생각했지만 건강까지 챙겨주는 착한 네티즌분들! 결국 술은 먹지 않았다.

PM 1:57:19

무안에서 부천가는 버스는 5시가 막차이다.

1. 막차타고 집에간다.
2. 온김에 내일까지 머무른다.

무안에서 부천 가는 버스는 5시가 막차다

1. 막차 타고 집에 간다
2. 온 김에 내일까지 머무른다

밥을 먹으니 오후 2시쯤 되었다.

딱히 한 것은 없지만 집으로 가는 막차 시간을 찾아봤다.

오늘 안에 집으로 돌아가려면 오후 5시에 차를 타야 했다.

하지만 사람들은 내가 집에 가지 않기를 바라는 것 같았다.

 휘홍*　　　　　2

공부공*　　　　　3. 목포로 이동한다

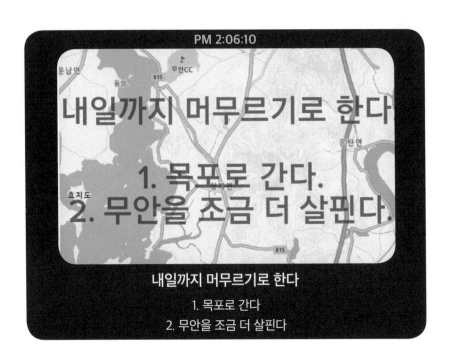

PM 2:06:10

내일까지 머무르기로 한다

1. 목포로 간다
2. 무안을 조금 더 살핀다

많은 분들이 무안보다는 목포로 가는 것을 추천해주었다. 어차피 오늘 집에 돌아가지 않기로 했으니 바다도 볼 겸 목포로 이동하기로 결정했다.

냉개*   무안 볼 거 없어요. 목포로 가세요. (무안군민출신)

왠   목포로 가시면 술 한잔 사드리러 목포로 출발하겠습니다!

NoMaN*   이왕 이렇게 된 거 무안국제공항에서 중국으로 간다.

배드맨

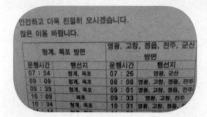

안전하고 더욱 친절히 모시겠습니다.
많은 이용 바랍니다.

청계, 목포 방면		영광, 고창, 정읍, 전주, 군산 방면	
운행시간	행선지	운행시간	행선지
07 : 54	청계, 목포	07 : 26	영광, 군산
09 : 09	청계, 목포	08 : 08	영광, 고창, 정읍, 전주
09 : 39	청계, 목포	09 : 01	영광, 고창, 정읍, 전주
10 : 09	목포	09 : 33	영광, 고창, 전주
10 : 34	청계, 목포	10 : 31	영광, 고창, 정읍,

목포 가는
버스를 기다린다.

비공감할**

아바타 여행 진짜 재밌을 듯싶어요ㅋ 나도 해 보고 싶다ㅋ

ㅠㅠ울지**

무안으로 출발한다.

자기*

목포로 가서 파티 맺고 퀘를 같이 수행한다.

narcis****

진짜 목포로 오시네... 데리고 있다가 밤 12시 반에
출발하는 제주 배에 실어버려ㅋㅋ

Bache***

목포 사는데 차 한잔 사드리고 싶다 ㅋㅋ
왜 하필 비까지 와서 ㅠㅠ

추천남*

목포 가서 홍어삼합 드세요!!!! 끄아앙 맛있겠당...

리스타*

목포 찍고 부산으로ㄱㄱ 이렇게 작성자는 미친 댓글들
때문에 전국을 떠돌아다니게 되는데.....

PM 2:33:58

목포행 버스에 탔다.
너무나 따뜻해 행복하다.

목포행 버스에 탔다

너무나 따뜻해 행복하다

토리달*　　　　작성자 : 집에...........보..내...줘.....

자기*　　　　왠지 목포로 가면 사람들이 제주도로 보내버릴 것 같다.

.

.

그럴 리가

.

.

제2장

무안에서
목포로

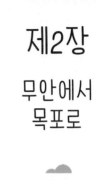

무안-목포 (22km)
버스 (1시간)

무안

목포

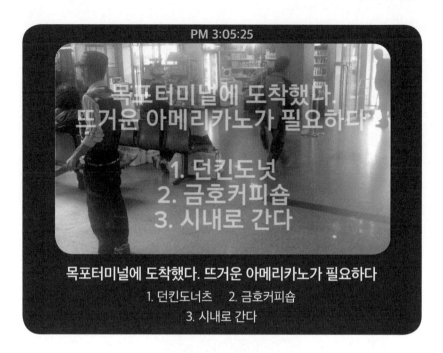

PM 3:05:25

목포터미널에 도착했다.
뜨거운 아메리카노가 필요하다!

1. 던킨도넛
2. 금호커피숍
3. 시내로 간다

목포터미널에 도착했다. 뜨거운 아메리카노가 필요하다
1. 던킨도너츠　　2. 금호커피숍
3. 시내로 간다

비를 조금 맞아서 그런지 뜨거운 커피 한잔이 생각났다.

 **뭘보***　　와, 신기하다. (침대에 누워 있는 목포 시민)

 **공부공***　　택시비 얼마 안 하는데 바닷가 커피숍ㄱㄱ
　　　　　　전에 가봤는데 좋았음.

시내로 이동하라는 의견에 따라 평화광장에 가기로 했다.

터미널에서 평화광장까지는 차로 10분 정도 걸린다.

배드맨

평화광장으로 간다.
1. 걷는다.
2. 택시를 탄다.

 치즈피*

춥고 피곤하면 택시요.

 왼뺨도때**

시내에 있는 쑥꿀레 떡볶이! 메인인 쑥꿀레는 사진이 없어졌어요.....
꼭 드셔보시길.

 배드맨

택시를 타고
평화광장으로 간다.

날*

비도 오는데 잘하셨어요 ㅎ
느긋하게 빗소리 들으면서 아메리카노 한잔 하고 오세요~

PM 3:27:15

도착....
아바타의 기분이 좋아졌다.

도착...

아바타의 기분이 좋아졌다

평화광장에 도착하니 탁 트인 바다가 시야에 들어왔다.

시원한 바닷바람을 맞으니 기분이 너무 좋았다.

바닥이 젖어 앉아 있을 수는 없었지만 잠시 바다를 바라보았다.

dsm*   귀욤귀욤ㅋ

밀크티라*   1. 입수한다

음..난마*   기분이 좋으니, 춤추면서 노래 부른다.

🏃 **로리비***

늦었다ㅜ

➡️ 👤 **행복하세***　　　추적자인가...!!?

재미있는 일이 생겼다.

한 네티즌(이하 추적자)이 내가 올린 사진을 바탕으로 찾아왔다.

물론 나는 터미널을 떠나 만나지 못했다.

추적자는 잠시 잊고 따뜻한 커피를 마시며 책을 봤다.

틈틈이 댓글을 확인하니 네티즌들은 서로 농담도 주고받고 있었다.

PM 3:38:47

이제 한숨 돌린다.

이제 한숨 돌린다

dick***   비 오는 바다는 무슨 색인가요?

공부공*   영웅본색

구름가*   목포 아가씨에게 번호를 물어본다.
그리고 빛의 속도로 퇴짜 맞고 갓바위로 간다ㅠ

천연사이*   작성자님 어떻게 됐을까.
비를 피해 전주로 오세요. 식사랑 숙박 해드릴게 ㅠ—ㅠ

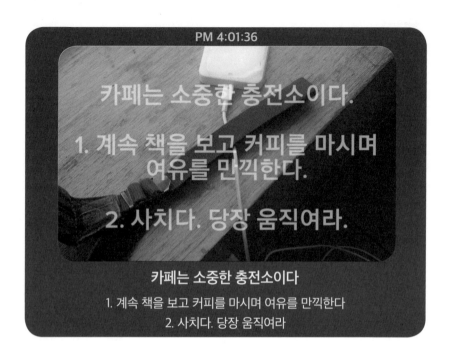

PM 4:01:36

카페는 소중한 충전소이다

1. 계속 책을 보고 커피를 마시며 여유를 만끽한다
2. 사치다. 당장 움직여라

👤 **포포로***   1!!! 몸 좀 더 녹이세요.

👤 **PETER******   11111 좀 쉬었다가 추적자를 따돌린다.

카페에 있는 시간이 길어지자 선택지를 달라는 네티즌들이 많아졌다.

내가 카페에 온 이유는 잠시 쉬려는 것도 있지만

핸드폰 배터리가 10% 미만으로 줄어들었기 때문이었다.

충전을 어느 정도 마친 후 떠날 생각이었다.

🏃 **로리비***

거의 잡은 것 같군요.

💬 👤 **공부공***   추적자 ㄷㄷㄷ

💬 👤 **자기***   파티 맺고 제주도로 가세요.

💬 👤 **얼굴때문***   이렇게 추격전의 시작.

목포터미널에서 나를 놓쳤던 추적자가 커피숍까지 찾아왔다.

묘하게도, 추적자를 만나보고 싶은 생각이 들었고 이런 상황이 재미있었다.

🏃 로리비*
아쉽지만 AS 출동으로 인해... 검거 실패...

👤 **난구*** 아............... ㅠㅠ

👤 **부릉부*** 악! 맙소사.... 목포... 사진에 우리 사무실 나왔어 ㅎ.ㅎ;;
어디세요? 저녁 사드리고 싶어!!

👤 **그대들의**** 와, 저도 급 여행이 가고 싶군요!!

↩️ 👤 **비공감할**** 무안행 표 사세요.

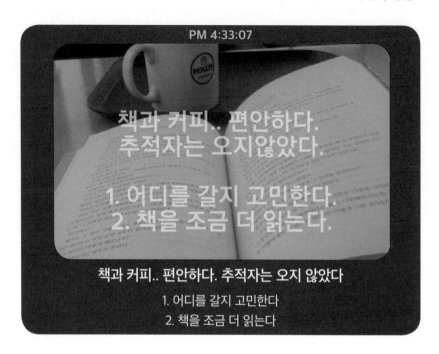

PM 4:33:07

책과 커피.. 편안하다. 추적자는 오지 않았다

1. 어디를 갈지 고민한다
2. 책을 조금 더 읽는다

추적자는 본업으로 인해 떠났고 나는 다시 휴식을 취했다.

🧑 **날***

추적자분 검거 실패라는 걸 보니 다 왔다가 그냥 가신 듯?

🧑 **부릉부***

목포에는 하구둑이 있습니다!!!
하구둑 구경시켜 드릴게요. 댓글 주세요!!

🧑 **생기거***

2. 책을 읽으며 하구둑 구경시켜 준다는 분을 기다린다.

1. 하구둑을 가본다.
2. 책과 커피가 남아 있다.

Fera***   1111111

커*   비도 오는데 우선 2로 하시다가 상황 봐서 1로 가심이..^^

공부공*   평화광장 근처의 광장낚시에서 낚싯대를 빌린다.

난구*   그리고 밤낚시를 한다 ;;;;;;;;;;

🏃 **로리비***

다시 왔다!!!

 **다카키탕****   잡았다ㅋㅋㅋㅋㅋ

👤 lar*   와!!!! 추격전!!!! 두 분 다 왠지 지금 눈치 보실 것 같다.

👤 incatn***   (어색 어색) ㅋㅋ

그냥 혼자 돌아다니려고 나온 여행에

추적자라는 새로운 동반자가 등장했다.

🚶 **로리비***

검거 완료

🏳 배드맨

터미널의 추적자가 왔
다. 하구둑의 추적자는
오지 않았다.

하구둑을 데려가주겠다는 추적자 2(부룽부*)를 기다리는 중에
일 때문에 되돌아갔던 추적자 1(로리비*)이 다시 카페로 찾아왔다.
우리는 인사를 하고 이야기를 나누었다.

봉보로* ㅋㅋㅋㅋㅋㅋㅋㅋㅋㅋㅋㅋㅋㅋㅋㅋㅋㅋㅋ대박

난구* 그러나 이 자는 남자다....

PETER**** 이렇게 된 거 추적자에게 고백한다.

두목원숭* 궁금하네요~ 둘이 어떤 이야기를 나누고 있는지...

로리비*

아직도
비가 옵니다..ㅜ.

난구* 뭐해요 거기서 ㅋㅋㅋㅋㅋㅋㅋ

호구1* 광주로 오세요. 소주는 제가 삽니다..

다카키탕** 아 내가 여행 다니는 거 같아ㅋㅋㅋㅋ 힐링된다ㅋㅋㅋ

👤 Harvard****　　　난생 처음 보는 사람 둘이 만났으면서 왜 이렇게 담담해ㅋ

👤 다카키탕**　　　만남의 순간이 얼마나 뻘쭘했을까..ㅋㅋㅋㅋㅋ
　　　　　　　　　"저.. 배드맨님?"
　　　　　　　　　"헛..... 추적자 로리비*님?" ㅋㅋㅋㅋ

👤 하늘바다**　　　이쯤에서 재워주실 분도 나타나야 되는데...

🏃 로리비*

하구둑
데려다줄 분
등장.

추적자 1과 잠시 이야기하는 사이

하구둑을 구경시켜 준다는 추적자 2가 도착했다.

서로 한 번도 본 적 없는 사이였지만 추적자 2는 내가 올린 사진의

바지 색깔이 빨간색이라는 걸 기억하고 나를 바로 알아보았다.

추적자 1은 다른 일이 있어 다시 가고

나는 카페를 나와 추적자 2의 차를 탔다.

PM 5:06:25

하구둑의 추적자에게 납치되었다.

하구둑의 추적자에게 납치되었다

💾 👤 **말랑이***   사진이 긴박해 ㅋㅋㅋㅋㅋ

👤 **강흐흐***   오오오 급전개..ㅋㅋㅋㅋ

👤 **하늘바다****   4885?

👤 **엄마손분***   분명 아침에 일어났을 때만 해도 더 자냐? 안 자냐?의 선택
이었는데 어느덧 일행이 늘었다..원피스급.

배드맨

나는 누구
여긴 어디??

PETE***

부천까지 태워달라고 하세요.

공부공*

작성자님 최소 루피.

개질풍간*

너 내 동료가 돼라!!!

나니라*

이거 뭐죠 .... 엄청 흥미진진해.... 두근두근.

배드맨

여기는 상황통제실
발사 준비 끝!!!

아반떼도*

결국 로그인 했다ㅋㅋ 이 사람이 원피스를 찾을 것만 같다.

갤러헤*   팝콘 팝니다!! 팝콘 팔아요!! 달콤한 팝콘 있어요!!!!

추천남*   아, 이 님들 진짜 재밌네ㅋ 나도 아바타 놀이 한번 해 볼까.
아, 잠시ㅠㅠ 무안 말고 제발 무안 빼고요 ㅠㅠㅠㅋㅋㅋ

악인지*   작성자님께 경의를 표합니다. 발견하신 분들도.
해 보고 싶긴 한데 그럼 직장을 때려치워야 돼ㅋㅋ
부럽네요. 살면서 한 번쯤 해 봐야지ㅋㅋ

용갈*   아침 출근길에 본 글이 계속 진행 중 ㅎㅎㅎㅎ
요즘 정말 지쳤는데 참 재미있네요 ㅎㅎㅎㅎㅎ

봉보로*   ㅋㅋㅋㅋㅋㅋ나의 출근과 퇴근길을 함께 하는군ㅋㅋㅋ

무계획 여행의 좋은 점은

어디라도 갈 수 있고, 언제든 움직일 수 있다는 점이 아닐까.

추적자 2는 하구둑 관련 일을 하고 있었다.

나를 회사로 데려가 하구둑에 관련된 자세한 이야기를 들려주었다.

추적자 2는 회식이 있어

나를 갓바위 근처에 내려준 뒤 떠났다.

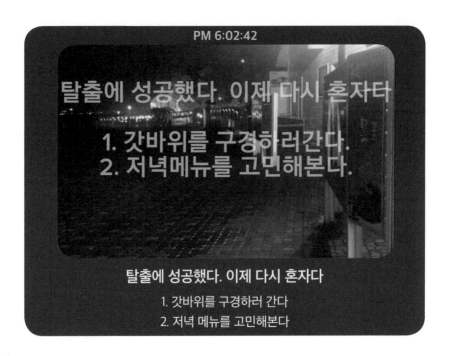

PM 6:02:42

탈출에 성공했다. 이제 다시 혼자다

1. 갓바위를 구경하러간다.
2. 저녁메뉴를 고민해본다.

탈출에 성공했다. 이제 다시 혼자다

1. 갓바위를 구경하러 간다
2. 저녁 메뉴를 고민해본다

이제 다시 혼자 남게 되었다.

시간은 어느덧 오후 6시가 되어 어두워지고 있었다.

잉어고*　　　금강산도 식후경

간식줘*　　　2 일단 포만감을 채웁시다.

하늘바다**　　시내로ㄱㄱ
　　　　　　　먹거리 탐색 가요.

PM 6:08:33

갓바위를 보며 저녁 메뉴를 생각한다
1. 네이버에 검색해본다.　　2. 주인님이 추천한 곳을 간다.
3. 굶는다.

👤 **클래시***　　아바타 게임 진행되는 거 알고선, 응원하고 있습니다. 메뉴
　　　　　　　는 주인님 추천한 곳에서 드시죠? 혼자서 고깃집 방문~!ㅋ

👤 **나만긍***　　아까 커피 마시던 옆 건물에 해촌이라고 그 동네에서
　　　　　　　제일 맛있는 밥집이에요. 바지락비빔밥ㄱㄱ

🚪 **배드맨**

해촌을 향한다.

해촌을 향한다.
1. 해촌을 간다.
2. 고깃집에 가서
혼자 술 먹어라

자기*   222222222222222222

배드맨

해촌에 도착했으나
고깃집을 찾는다.
1. 삼겹살
2. 족발/보쌈
3. 기타

끄아앙크**   1!!!!!

이거안지*   3번 악기점에 가서 '기타'를 산다.

배드맨

목포에 삼겹살집
찾기가 어렵다.
1. 들어간다.
2. 더 찾아본다.

잉또잉*   11111

추천남*   아아...ㅠㅠ 누가 같이 삼겹살 구워줄 목포징어 없나요...
ㅠㅠㅠ 내가 목포 살면 달려갔을 텐데...ㅠㅠ

배드맨

나홀로 고깃집.
2인분을 주문했다.

 배드맨

1. 참이슬
2. 처음처럼
3. 맥주

잉또잉*   3333

우비어*   선택 기준이 대댓글 기준인가요?? 그냥 댓글 기준인가요?!

투르크*   아바타 마음 기준.

배드맨   시간 기준 가장 빠른 것을 따라갑니다. 맥주를 주문한다.

잉또잉*   아싸

투르크*   아바타님 마음 기준이 아니었군요...(시무룩)

sean** 추적자들은 왜 저녁도 같이 안 먹고 돌아간 건가요? ㅠㅠ

 로리비* 업무 중입니다ㅜ 훌쩍.

배드맨

단체 손님이 있어
내 고기는 나올
생각을 하지 않는다.

투르크* 힘내세요 ㅠㅠㅠㅠㅠㅠㅠ

배드맨

배가 고프다.
맥주를 한잔 들이킨다.
1. 원샷을 한다.
2. 천천히 마신다.

투르크* 2222222222222222222

냥양* 지금 퇴근 중인데다가 집 근처인데
갈까...고민되네.

잉또잉* 갑시다(짝) 갑시다(짝)

투르크* 잠깐... 아까 목포로 오라고 유도하신 분 중
한 분이시네요 ㅋㅋㅋㅋㅋㅋㅋㅋㅋㅋㅋ

아트박스** 책임져 (짝) 책임져 (짝)

배드맨

고기다!!!!

입에서똥** 츄루루루루루루루룰루릅

한 번도 해 본 적 없었던 고깃집에서 혼술을 하게 되었다.

평소였으면 주변의 시선이 느껴지고 부담스러워서

혼자 고깃집에 오지 못했을 거다.

하지만 많은 사람들이 이 여행에 참여하고 있다고 생각하니

혼자가 아닌 것 같았다.

나는 대화할 상대가 없지만 심심하지도 외롭지도 않았다.

그런데 이때 놀라운 일이 일어났다.

불타는밤* 다른 거 해드릴 건 없고 지금 드신 삼겹살값 내드렸습니다.
맛나게 드세요~~^^

투르크* 진짜다!!!!!!!!!!!!!!!! 진짜가 나타났다!!!!!!!!!!!!!!!!!!!!!!!!!!!

배드맨 감사합니다. 열심히 먹겠습니다!

바람의지* 우앙~감동~ㅠㅠ

불타는밤* 하루 종일 글쓴이분 덕분에 즐거웠습니다.
그에 비하면 아무것도 아닙니다~~^^

BIN* 관전자(은)는 훈훈함에 체온이 1도 상승했다!

불타는밤*** 님은 내가 올린 고깃집 사진을 보고

인터넷에 상호를 검색해 가게로 전화를 걸어

내가 먹은 삼겹살 2인분과 맥주 1병 값을 계좌이체해 계산을 마쳤다고 했다.

예상치 못한 상황에 놀라움과 감사함 그리고 감동을 받았다.

어제만 해도 전혀 알지 못했던 사람이 아무런 의도 없이

밥값을 지불해준다는 것이 신기하고 고마웠다.

🏃 **narcissu***

일단 앞에는 왔는데... 식사 중이신데 들어가도 되려나...끙

추적자3(narcissu*)이 식당 근처에서 사진을 남겼다.

혹시 내가 불편해하지 않을까 염려되어 식당으로 들어오지 못하고 있었다.

↪ 🔳 **배드맨**   들어오세요.

↪ 👤 **원***   뚜 뚜루 뚜뚜~

↪ 👤 **아트박스****   새로운 전개?!

narcissu*

작성자
재검거.

 배드맨

추적자 3이
도착했다.

투르크*　　　오늘 정말 스펙타클한 하루네요 진짜ㅋㅋㅋㅋㅋㅋㅋ

추적자 3은 도서 관련 공무원으로 일한다고 했다.

그분의 인생 이야기를 재미있게 들으며 많은 위로를 받았다.

내가 목포에 처음 왔다고 하니 추적자 3은 여기까지 와서

그냥 돌아가면 안 된다며 가이드를 해주기로 했다.

 narcissu*　　　작성자 데리고 유달산으로 갑니다.
　　　　　　　　　　목포 야경 보러.

 추적자들이 자발적 관광가이드를 수행하고 있다ㄷㄷ

 배드맨

유달산에 다 와 간다.
1. 야경을 감상한다.
2. 대충 보고 쉰다.

엄마손분* 대체 뭘 하면 부천 자기 집 이불 속에서
목포 유달산으로 올 수 있는 거지ㅋㅋㅋㅋㅋㅋㅋ

해물치즈* 야경 이쁘네요. 야경 111111111

 배드맨

마음을 힐링한다.

엄마손분* ㅋ 독서실 앉아 있는 내가 다 힐링되네ㅋㅋ 고마워요!

봉보로* 계속 보고 있자니 내가 저 장소에 있는 기분ㅋ

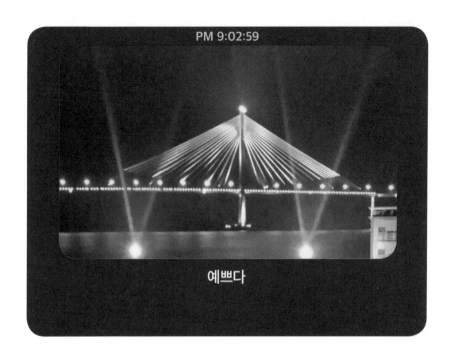

PM 9:02:59

예쁘다

이동네잉**　　　0. 목포밤바다를 부른다

벨벳소로*　　　대반동 유달유원지 가셨네요...ㅋㅋㅋ
　　　　　　　추적자 하나 추가해볼까요 ㅋㅋㅋㅋ

추적자 3과 야경을 바라보며 커피를 마셨다.

추적자 3은 앞으로의 여행 일정에 대해 이야기를 나누던 중

오늘 밤 12시쯤 목포항에서 제주도로 갈 수 있는 배가 있다고

알려주었다. 제주도는 생각해본 적이 없이 잠시 고민을 했다.

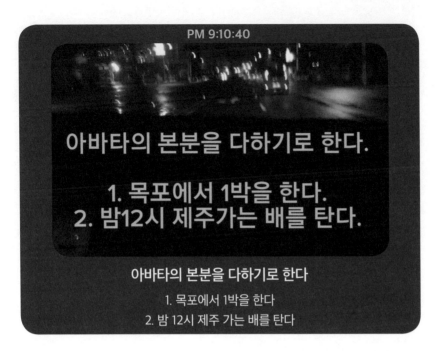

아바타의 본분을 다하기로 한다

1. 목포에서 1박을 한다
2. 밤 12시 제주 가는 배를 탄다

사람들의 선택에 맡겨보기로 했다.

계란총*   22222

다먹고죽**   ㅋㅋㅋㅋㅋㅋ잔인해

기다렸다는 듯 제주도로 가라고 하는 바람에

목포항에 전화해 정확한 일정을 확인했다.

그리고 추적자 3과는 헤어졌다.

하이패*   고깃값도 계산해주는 따스한 모습 뒤엔
비 오는 날 제주행이라니 ㅋㅋㅋ

Hamarti*   댓글 기다리고 있는데 이게 뭐라고 되게 설레네요.
여행하는 거 같고, 일상에서 벗어나 자유로워진 거 같고.
즐거움을 주시는 작성자님도 건강하게, 가슴으로 담을 수
있는 여행이 되길 바랍니다. 근데 제주도ㅋㅋㅋㅋㅋㅋㅋㅋ

엄마손분*   **야.. 잘 살고 있어? 너랑 같이 가고 싶었던 곳들이
되게 많다.. 이 글 보게 된다면 다시 한번 시작해보자..
아직 난 다 못 잊은 거 같아..

갸르르르르*   성지글에 소원 비신다. 소원 성취되면 오세요.
저격할라니까.

니퍼*   혼자 여행하지만 혼자라는 느낌이 안 드는 여행이네요.
나도 회사 때려치우면 한번 해 봐야지 ㅎㅎ

배드맨    전화를 해 보니 제주행
배편은 15,000원이다.
12시 30분에 제주행 배를
타기로 정했다.
1. PC방에서 시간을 때운다.
2. 그냥 길거리를 누빈다.

육캐*

PC방에서 좀 쉬세요.

narcissu*

아, 추적자 3입니다. 잠시 동안 작성자 데리고 목포 구경했습니다. 그래도 목포까지 왔는데 구경도 못 하면 안 되잖아요ㅎ 그리고 방금 롯데시네마 앞에 다시 풀어줬습니다. 집에 기다리는 사람이 있어서.. 누구든 빨리 재검거 부탁해요.

난구*

ㅋ강제 가이드.

옥상별*

멋져요 정말! 그 용기가 결단력이 너무 부러워요!
난 이렇게 안 살아보고 뭐 한 거지? 싶네요 ㅋㅋ.
마음 따뜻한 추적자분들... 더럽:^)

narcissu*

그리고 덧붙여서 작성자 제주도 선택지는 제 작품입니다.
제주행 카페리 보여주고 뱃삯도 알려주고 저가항공 타고
김포까지 편히 올라가라고 꼬드겼습니다. 낚았습니다요.

벨벳소로*

무안단물 다음으로 무서운 분 ㅋㅋㅋㅋㅋ

옥상별*

ㅋ마음도 따뜻하고 계획적이며 계략적인 추적자님.

해물치즈** 이 모든 게 무안에서 시작되었다 ㅋㅋㅋㅋ
사실 경기도 근처 다닐 수도 있었는데

달려라부메* 사실 에버랜드에 갈 수도 있었죠

모닝커* 목포 - 제주 들어가는 씨스타크루즈호 탑승 예정이시군
요;;
- 목포 00:30 ~ 제주 06:00 도착입니다.
- 편의시설은 노래방, 오락실, 안마의자(유료), 세븐일레븐
편의점, 파리바게트, 식당은 반찬이랑 밥 골라 사먹을 수
있고, 호프(맥주)도 팝니다.
- 일반실은 3만 원이지만 자금 여유가 된다면 1인실 추천
합니다.

배드맨 할인요금으로 15,000원이라고 합니다. 그래서 갑니다

별* ㅋㅋㅋㅋㅋㅋㅋㅋㅋㅋㅋㅋ
자자, 제주도 추적자분들 대기하세요ㅋㅋㅋ

레이피* 내일은 제주도를 실시간으로 볼 수 있겠구나...

핸드드* 제주도항에 추적자들 차벽 세우고 대기 타실 듯ㅋㅋ

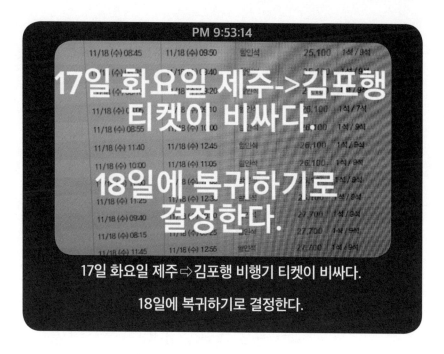

17일 화요일 제주⇨김포행 비행기 티켓이 비싸다.

18일에 복귀하기로 결정한다.

근처 PC방에서 제주-김포 복귀 일정을 확인해보았다.

제주에서 돌아올 때는 편하게 비행기를 탈 생각이었다.

제주에 도착한 날 저녁(17일)에 복귀하기에는 시간이 애매하고 비행기

티켓이 비싸 제주도에서 1박을 하고 18일에 김포로 돌아가기로 했다.

껭스*   와 2박이다~ㅋㅋ

추천남*   2박째는 부산 어때요?ㅋㅋㅋ

나두웃자*   언젠가 나도 저렇게 낭만적으로 살아갈 수 있겠지..
하루라도..

쫄깃*   정말 멋지다. 언젠가 꼭 해 보고 싶었던 즉흥 여행인데 아
바타님 덕분에 간접적으로나마 즐겁네요. 여행 잘 하시고
저도 더 나이 들기 전에 해 보고 싶으네요.

월하*   제주도 내일 오시나요? ㄷㄷㄷㄷㄷ
만나뵐 수 있으면 밥이라도 사드려야 할 듯.. 한치 물회 콜?

댐댐*   저 지금 제주에 있어요!!!
18일 12:50분 김포 비행기 탑니다.
하루 종일 무척이나 재밌게 보고 있다가 제주 온다고
하셔서 이렇게 가입하고 댓글 남겨요-
혼자 여행하고 있는데 잠시 함께 하실래요 ㅎ

배드맨   언제든 환영합니다:)

로리비*   추적자 1 스타트한 보람이 있네요+_+ 나머지 추적자 2, 3분
들도 멋지십니다. 작성자분도~ 제주 배 타면 좀 주무세요.

제주흑돼**   우리 가게에서 흑돼지를 먹는다.

acidqo*

이분 잡으러 갑니다.

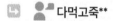 다먹고죽**

추적자 4다!!

제주돈*

추적하고 싶은 맘은 굴뚝같지만 직장인은 웁니다 ㅠ 제가 일의 특성상 자주 돌아다니는데 서귀포 쪽으로 가시게 되면 서귀동에 흙집사랑이란 곳을 한번 가보시는 걸 추천합니다!! 제주시 쪽엔 보성시장 안에 돼지국밥집 가보시는 것도 괜찮을 거 같아요!! 국수는 국수거리보단 인제 방향에 있는 국수 맛집도 있으니 줄 서서 기다리지 마시고 그쪽 가셔도 괜찮은 고기국수를 먹을 수 있을 거 같습니다!! 저녁에 제주시에 계신다면 추적 한번 도전해보겠습니다!!

부릉부*

추적자 2입니다. 할리스에서 추적자 1님에게서 배드맨 님을 납치하여 갓바위에 풀어드렸는데.... 제주도.... 제주도라니!!! 제주도라니!!!!
제주도 추적자님 빨간바지라고 웃지 마시고요, 나이보다 어려 보여도 당황하지 마시고요... 목소리가 가늘어도 당황하지 마세요.... 분명히 우리가 못하는 걸 하시니까 맛난 거 사주세요~ 배드님 최고!!

피시방에서 목포항까지
이동해야 한다.

PC방에서 목포항까지 이동해야 한다.
1. 걷는다. (지금 출발해야 한다.)
2. 택시를 탄다. (여유롭게 나간다.)

할게진짜**   1

여사님여**   잔인해....

노블리*   3. 삼보일배를 하면서 간다.

목포항까지 7킬로미터 남짓.

걸어가기에 충분한 거리라고 생각했다.

배드맨

지도 어플을 켰다.
열심히 걷는다.

끽깍*

드신 거 다 소화되실 듯 ㅜㅜ 추운데 감기 조심하셔요.

할인덕*

목포 계신 추적자분들 이분 좀 픽업해줘요...

 배드맨

가는 길이 으스스하다.

가는 길이 춥고 어두웠지만

천천히 걸어가며 새로운 곳을 관찰하는 게 나름 재미있었다.

도중에 목포자연사박물관이 눈에 띄었지만 시간이 여유롭지 않아

주변을 살필 수 없었던 게 아쉬웠다.

acidqo*

추적자 4다.
반 정도 왔다.
30-40분 뒤 도착.

꾸루*

오오오오오

acidqo*

추적자 4다.
아바타를 잡을 수 있을지 걱정이 된다.

수위아저*

화이팅!

narcissu*

아까 예술문화회관 앞이었으니 지금쯤 유달중학교 삼거리
돌아서 삼학도 방면으로 가고 있을 겁니다. 제가 너무 멀리
내려드린 듯ㅠ

배드맨

예술웨딩컨벤션이 보인다.
슬슬 다 와 가는 것 같다.

⟳ 👤 **벨벳소로***   아니요. 아직 한참 남았어요. 지금이라도 택시 타세요.

⟳ 🏃 narcissu*   워워, 작성자님 택시 타세요. 아직 절반도 못 갔습니다.
아직 유달중학교도 못 갔네요.
거기 삼거리 나오면 택시 타세요. 표 발권하고 뭐 하고
하면 시간 촉박해요.

10시 30분에 출발해서 1시간가량 걸었으나 목포항까지 반도 가지 못했다.

12시 30분에 출발하는 배를 타기에는 시간이 촉박했다.

약간 지친 상태라 걸음도 느려지고 다급함에 땀이 났다.

지금부터라도 조금씩 뛰면 늦지 않을 것 같아 발걸음을 재촉했다.

만약 제주행 크루즈를 못 타게 된다면

목포에서 하루를 더 보내는 것도 괜찮을 것 같았다.

걷는 동안에는 댓글을 확인하기 힘들어

추적자가 오고 있는지 정확히 알지 못했다.

👤 **야구좋***   이제 아바타는 우리가 지킵시다...명령 선택 잘 하자고요....
지금도 충분히 힘들 텐데요..

👤 **이드***   이쯤에서 재선택하시길..ㅠ

acidqo*　　　추적자 4 근황이다.
　　　　　　　　　목포여객선터미널까지 5킬로 남았다.
　　　　　　　　　신호대기 중이라 사진 못 찍었다.

 벨벳소로*　　　아바타님 아직 여객선터미널 근처도 못 갔어요.
　　　　　　　　　어서 납치를 하심이ㅠㅠ

도로**　　　　　아, 위기네요. 네비로 3.5km 나오는데. 도보면 약 40분.
　　　　　　　　　택시도 잘 없는 것 같고. 손에 땀 나네요. 추적자의 도움이
　　　　　　　　　절실합니다.

 acidqo*　　　추적자 4다. 예술웨딩컨벤션 앞인데
　　　　　　　　　아바타가 여길 지나갔는지 모르겠다.

식물성인*　　　그 근처래요!!!

.ㅅ*　　　　　　23:09:25에 지나간다는 글 올렸는데...
　　　　　　　　　얼마나 더 갔을는지...

도로*　　　　　당근색 바지!!

 acidqo*　　　추적자 4다. 원활한 추적을 위해 선배 추적자의 도움이 필
　　　　　　　　　요하다.

narcissu* 아까 거기서 좌회전해서
추적추적 걸어가는 주황색 바지를 찾으세요.

벨벳소로* 특명~ 주황색 바지를 찾아라~~

배드맨

빠른 걸음으로
이동한다.

Fera* 기다려요!!!!

뮤멜루칸** 안 돼!!! 추적자 4를 기다리시든지, 택시를 타세요!!!

식물성인* 왜 빨리 가ㅋㅋㅋㅋㅋㅋㅋㅋㅋㅋㅋㅋㅋ

Mark* please!!!!!!!!! 댓글 달려고 가입했단 말예요!!!! 아...현기증
나요....아바타님 좀 잡아줘요!!! 추적자님 화이팅!!!!

생산되* 잠은 안 자나요.

실내사* 배를 타야 (우리도) 안전하게 자요.

🏃 acidqo*　　　　방금 아바타로 추정되는 1인을 발견했다.

💬 👤 오*　　　　ㄱㄱㄱㄱㄱㄱㄱㄱㄱㄱ납치!

💬 👤 6578**　　　혹시 주황색 바지입니까아아아

👤 국정원*　　　ㅋㅋ 제주 사시는 분들은 자가용이라도 태워주셨으면
　　　　　　　　좋겠네요. 아무튼 아바타분 체력은 겁나 튼튼한 듯.
　　　　　　　　오늘 20km 정도는 걸으셨을 것 같은데.

👤 아라*　　　　빨리 납치당해라!!!!

👤 아라*　　　　작성자님 화이팅!!
　　　　　　　　제주가 멀지 않았어요 ㅋㅋㅋ

👤 Mark*　　　　오늘의 하이라이트 같아요. 밤늦은 시간, 배 승선 시간은
　　　　　　　　촉박. 얼굴도 모른 채 뒤를 쫓는 추적자. 두근두근.

열심히 걷고 있는데 뒤에서 경적이 여러 차례 울렸다.

무슨 일인가 돌아보니 나를 향한 손짓과 경적소리.

마치 짠 것처럼 위기의 순간에 나타난 추적자 4

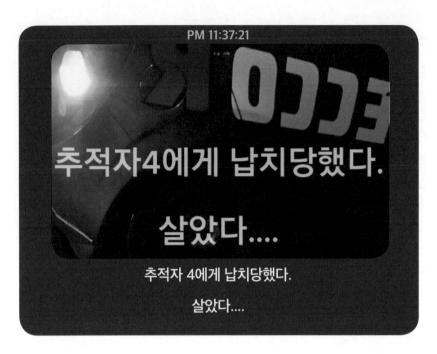

PM 11:37:21

추적자4에게 납치당했다.

살았다....

추적자 4에게 납치당했다.

살았다....

오* ㅋㅋㅋㅋㅋㅋㅋㅋㅋㅋㅋㅋㅋㅋㅋㅋ 선착장까지 고고싱

다먹고죽** 성공!!

Moji*** ㅋㅋㅋㅋ 살았다

뮤멜루칸** 나이쓰~!!! 추적자님 만세!!!

더운* 납치당했는데 살았대 ㅋㅋㅋㅋ

더운* 아...11월 2일부터 휴일에도 쭉 일했는데 뒤지겠소ㅋㅋㅋㅋ
잠 좀 잡시다 ㅋㅋㅋㅋ

국정원* 아바타님, 체력 안배하셔서 다니세요. 모텔에서 쓰러져서
잔다고 해도, 외딴곳에 가서 체력소비 너무 많이 하면 별로
안 좋아요. 요새 세상이 워낙 험해서. 게다가 혼자 다니시니
깐, 조심하세요. 택시 타시고. 제주도 같은 곳은 타지인 금
방 알아볼 수 있습니다. 게다가 혼자 다니면 위험하실 수도.

hae* 어휴, 추적자님 만나서 다행이네요! 오후부터 계속 보고
있다가 결국 가입했어요! 별 탈 없이 무사히 아바타 여행
마치시길..!

라리* 아바타를 위해 주인님이 도와주러 오셨엉ㅠㅠ 엉엉ㅠㅠㅠ

CATH** 부천에서 제주가 웬 말인가....

qo0o* 잠이 오지만.. 우리 작성자 무사히 배 타는 거 보고
굿나잇 하고 잘 거야.

추출하는* 추적자 4에게 잡혔을 때 카타르시스를 느꼈네요.
이런 느낌 오랜만에 느껴봐요!!

PM 11:47:03

아이템을 획득했다

추적자 4는 집에서 차로 1시간 이상을 달려왔다고 했다.

정말 먼 거리에서 나를 찾아와

목포항에 내려주고, 꿀물차를 사주고 바로 떠났다.

고작 10분 남짓 도움을 주고 간 것이다.

'내가 이 아바타 여행을 보는 입장이었다면

이렇게 도움을 줄 수 있었을까?'

쉽게 도움을 주었을 거라는 생각이 좀처럼 들지 않았다.

내 자신이 조금은 초라하게 느껴졌다.

끽깍*

다들 배 타는 것만 봐야지...하다가 아바타가 라면이라도 먹으면 라면 먹는 것만 보고 자야지... 하다가 아바타 제주도에 첫발 내딛는 것만 봐야지가 될 듯...

acidqo*

추적자 4, 임무를 마치고 집으로 복귀한다.
나머지는 예비 추적자 5에게 맡긴다.

불타는제**

수고하셨어요ㅋㅋㅋㅋ 진짜 큰일하셨음ㅋㅋㅋㅋㅋ

Moji***

수고하셨습니다. 다음 추적자는 제주항에서 픽업할 듯

Kroi**

크 갓적자!!

불타는제**

근데 이러다가 추적자 23쯤 가면 제주도에서
김포 가는 비행기에 같이 타고 있을 수도 ㅋㅋㅋㅋㅋ

덕덕덕덕*

배 타면 배를 둘러본다 이딴 거 필요 없고 주무세요 ..ㅠ
저도 좀 자게요.

덕덕덕덕*

아 지금 피곤해서 자고 싶은데 잠을 잘 수가 없어요 ㅜㅜ
무안 ⇨ 목포 ⇨ 제주. 긴 여행이다.... ㅋㅋㅋㅋㅋㅋㅋㅋ
내가 이런 레전드를 실시간으로 보고 있다니!!

PM 11:56:40

간다

😀 **끽깍***　　가자!!

😀 **해물치즈****　　가자!!!!!!!!!!! 드디어 잘 수 있다!!!!!

😀 **후리다칼***　　요즘 보기 드문 낭만이다...

😀 **비오면뛰****　　승객 여러분 안녕하십니까?
　　　　　　　　저는 이 배의 선장 추적자 5입니다.

😀 **윤아말고****　　진짜면 대박이다ㅋㅋㅋㅋㅋㅋ

더운* 눈이 감긴다...
작성자 배 타는 거 봐야 되는데...
나는 왜 OECD 국가 중 노동시간 2위인 나라에서 태어난
걸까?
피곤하다...눈은 이미 토끼눈이다...
정확히 15일 연속 쉬지도 못하고 일만 한다...
그중 일주일 정도는 야근까지...
이렇게 벌면 뭐 하나?
학자금 갚고 월세 내고 밀린 카드값 내면 수중에 남는 돈이
별로 없다.. 이 와중에 몸살감기도 왔다...
이 피곤한 일상 속에 이 얼마나 가슴 뭉클한 사건인가!
흥미진진하도다.
아.. 부디 배를 타고 무사히 제주도에 도착하길 바라오...
마음 같아선 배라는 교통수단은 말리고 싶다만
꼭 안전하게 도착하길 빌겠소.
내일 아침에 30분 일찍 일어나서 다시 정독하겠소 ㅠㅠ

뚜껑열린* 와.... 미쳤어 너무 빡세!!!!!!!! ㅋㅋㅋㅋ 그리고 추적자분들
무슨 신데렐라에 나오는 요정 할머니 같아요ㅋㅋㅋㅋㅋ
어떻게 이렇게 도와줘요. 내가 다 고맙네..

옥상별* 아바타가 쉬어야 우리가 쉰다! 뭔가 뒤바뀌었다!

봉보로* ㅋㅋ앗ㅋㅋ

6578*

아바타님 선택지를 주세요!!!!
1. 잔다
2. 잔다
3. 잔다

트위*

댓글 달아보려 가입했습니다. 다음 선택지에서 아바타님을
좀 쉴 수 있게끔 선플해드리는 센스가 필요합니다.

판-*

이 글 보고 여행이 가고 싶어졌습니다.

narcissu*

님들? 아까 목포대교 야경 못 보셨음?
작성자님, 배 맨 위 갑판 올라가서 목포대교 통과하는 거
보세요. 흔치 않은 경험일 테니.

아구벙*

마음이 좀 지쳐 있었는데...
아바타님 덕에 힘이 나네요..
전 아가들이 어려서 해 볼 수는 없겠지만..
제가 꼭 여행한 것처럼 신나네요.
내일도 즐거운 하루 보냅시다.

나무상*

노량진에서 공부하는 학생인데 이 글 보니
제가 다 여행하는 기분이네요ㅜㅜ 고마워요!!

👤 NEI* 낭만 있네요. 즉흥적으로 여행을 떠나 이것저것 구경도 해
보고 그중에 좋은 인연들도 만나고 왠지 모르게 작성자님
덕에 힐링되네요.

👤 하루* 댓글 달려고 가입하였습니다~ 인터넷 생기고 지금까지
수많은 것을 봐왔지만 아~~ 이건 정말 대박 & 충격 & 감동
입니다. 좀 전의 추적자 4님의 납치는 심장이 쫄깃했습니
다!! 살면서 이런 감동과 재미를 느껴보기는 처음이네요.
여기 계신 모든 분께 정말 감사드립니다~!

👤 고농고* 아바타님 덕에 두근두근했던 하루..!! 목포도, 그 근처도,
제주도도 아닌 저는 추격도 못 하고 그저 내일 여행이 부디
평안하시길 빌며 이만 자야겠네요ㅠㅜ
주무시든 안 주무시든 모두들 굿밤!!♡♡

👤 아가오* 아바타님 덕분에 가입했어요ㅋㅋㅋ 부천인이라 소풍터미
널이 나와서 우와!! 했는데 부천에서 제주까지 가시다니...
제주도 가는 새로운 추적자님과의 만남을 기다리며 이제
자야겠어요 +_+ 푹 쉬고 내일 힘차게 여행해요. 함.께.ㅋㅋ

👤 게으른모 보는 내내 제가 여행하는 것처럼 엄청 설레였네요.ㅎㅎ
꼭 한번 이 루트 따라 여행해보고 싶네요!
부디 몸 건강히! 무탈한 여행되시길 바랍니다~!

와퍼N빅* 뒤늦게 봐서 첫 글부터 정주행하니 이 시간.. 졸음은 어디 가고 이제 조금 있으면 아바타님 제주 도착 시간인데.. 하는 생각에 심장이 두근두근하네요. 어디를 가더라도 A부터 Z 까지 일정 정하고 예약에 여행지 공부까지 하던 제게 진짜 신선한 여행기였어요. 중간에 짠 하고 나타난 여러 추적자 님들도 정말 멋지십니다~

윤후* 진짜 멋있다... 나도 이렇게 낭만적일 수 있을까.

맨발의청* 나도 발자취를 남기겠소!!!!
오늘은 무슨 여행이 시작될까 ㅠㅠ

행복한나* 뭐야.. 이렇게 뭉클해도 되는 겁니까..!! ㅎㅎ
제주도 바다 너무 아름답죠. 맛있는 거 많이 드시길^^

***같은인생** 다들 꿀잠 잡시다~ 아침에 작성자 혼자 있음 안 되니까.
간만에 아침에 수월하게 일어날 듯ㅎㅎㅎ

별* 새벽에 잠깐 깼다가 이 글 발견하는 바람에 잠이 다 깼네
요ㅋㅋㅋㅋㅋ 고생 많으십니다. 덕분에 두근두근한 여행의
느낌, 오랜만에 느껴보네요.
곧 제주 도착인데 모쪼록 즐겁고 안전하고
행운이 가득한 여행 되시길!

배드맨

땀이 많이 나서
바지를 적신다.
1. 세안하고 잔다.
2. 잔다.
3. 잔다......

옥상별*

오빠 씻고 자. 아무리 그래도 여기 뷰티갤러들이 용서치
않아여. 맨날 여드름 흉터 배너 붙잖아여. 빨리 씻고 자여.
우리 모두 잡시다여.

배드맨

곰돌이 수건을
구매해 세안을
하였다.
이제 쉬어야 한다.

제주항에는 오전 6시쯤 도착할 예정이다.

핸드폰은 내려놓고 잠시 휴식을 취한다.

—

둘째날 00:19:00

배드맨   내일 뵙겠습니다.

제3장

목포에서 제주로

목포-제주
배 (6시간)

목포

제주

제주도에서는 추적자가 없을 것 같아 조용히 혼자 다닐 생각이었다.

그래도 찾아오는 사람들을 피할 생각은 없었다.

 뭐라고할*

추격
동참해야겠네요.

 **dudghkr***

이야~~~!!!!!!!!!!!!!!!!! 호!!!!!!!!!

주드말*

내일 제주에서 집으로 오전 9시에 떠납니다.
공항 가기 전에 제주항 가봐야겠네요 ㅎ
꾸르잼!

매력가*

목표 : 주황 아바타 남성
추격 이유 : 날 밤새 괴롭힌
모기의 분풀이하러.

침대에서**

빨리 일어나요.
다섯 시간 동안 새로고침 눌렀음.

배드맨

시끄러운 방송 소리가 들린
다. 오늘 제주 도착시간은
6시 5분이라고 한다.

꽃잎이활* 현역 백수인데요ㅋㅋㅋㅋㅋㅋㅋㅋㅋ
이거 보려고 알람 해놨음ㅋㅋㅋㅋㅋㅋㅋㅋㅋㅋㅋㅋㅋㅋ
미친 건가ㅋㅋㅋㅋㅋㅋㅋㅋㅋㅋㅋㅋㅋㅋㅋ

배드맨
1. 간단하게 세수한다.
2. 그냥 이대로 간다.

또로*** 1 예쁘게 세수하시고~^-^

리온* 아, 자려는데 시작했어...

천안새* 뒤늦게 정주행 마치고 자려는 찰나 일어나시다니...
다치지 마시고 오늘 하루도 행복하게 보내시길 바랄게요^^
조금 후 아이들 챙겨야 하는 애기 엄마는
이만 눈 붙이러 갑니다!

조刀ㅏ근* 흥미진진한 실시간 버라이어티 잘 봤습니다~ 이제
자려고 누웠는데 자고 일어나서의 이 페이지 스토리가
무척 궁금하네요. 이제 곧 주무실 분들도 너무 부러워
마시고 꿈속에서 한번 경험해보는 건 어떨까요ㅋㅋ
정말 몇 년 만에 댓글 달아봅니다.
모두들 수고하셨고 좋은 날 되세요~

불편할* 올 것이 왔구나.

봄날* 일어나셨으면 바다를 바라보며 컵라면 한 사발 즐기시죠.!!

셰도* 정말 새로운 종류의 꿀잼이 등장했다.
난 새로고침을 버틸 수가 없다.

불사무적** 새벽 세 시에 깨서 이거 때문에 잠 못 자고
덕분에 밥은 먹고 출근함.

흥부제* 아바타 쓸데없이 되게 부지런해서 좋다.

비바라비* 왠지 이분 일찍 일어나서 시작하실 것만 같은 느낌적인
느낌이 있었는데!!!! 탑승하겠습니다~!!!!
오늘 하루 행복한 일만 가득하세요^^

비바라비* 잠 푹 주무셨나여??

섹시스* 네, 잘 잤습니다 ㅋㅋ 님도 잘 주무셨나요??

꽁치실종** 꺄 기대기대! 씻고 좋은 하루. 오늘도 신나게 같이 여행해요

AM 05:56:03

컨디션이 좋다.

날씨도 좋길 바란다.

컨디션이 좋다

날씨도 좋길 바란다

닉네임머** 일어났더니 3부가 시작이네요. 얏호.

계란찜초** 이제 정주행 완료했는데 시작이라니.
내 잠은? 2시간 후 출근은? ㅠㅠ

은빛초* 야간 근무 중에 밤새 새로고침 해가며
댓글 기다렸습니다 ㅎㅎ
오늘도 재미있는 하루 선사해주시길 바라면서
즐겁고 상쾌한 제주 여행 되시길 빕니다.

안하면되* 컨디션 좋다니!!!!!! 저도 좋군요 이힛!!

꾹밍깡* 추우니 따뜻한 캔커피라도 마시면서 다녀요!!

INTER*** 1. 배에서 내려서 아침을 먹으러 간다.
2. 고기국수나 몸국을 먹으러 간다.
(제가 먹고 싶은 건 비밀)

매력가*

오렌지 아바타 어디 있나!!!
생포하자마자 난 배가 고프니 뭘 좀 먹어야겠는데
1. 국수회관 고기국수 2. 모이세 해장국, 뭘 먹지.

꾹밍깡* 아침은 밥!!!!
222222

안하면되* 새벽부터 추적자라니...!!!!! 오늘은 아바타가 좀 더
편해지길....♡ 저도 아침은 밥!!!! 22222

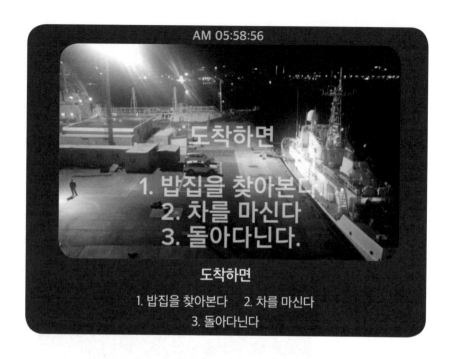

AM 05:58:56

도착하면
1. 밥집을 찾아본다
2. 차를 마신다
3. 돌아다닌다.

도착하면

1. 밥집을 찾아본다   2. 차를 마신다
3. 돌아다닌다

흑곰***   제주 도착하자마자 납치 ㅋㅋㅋㅋ

매력가*   그나저나 주차장 문 잠김..
비 약간 내릴락 말락.

INTER***   추적자에게 잡혀 밥집에 간다..

매력가*   나만 먹을 거야!! 으흐흐

해파리연** 추적자님이 벌써 기다리시네요.
함께 식사하러 가세요!!

주드말* 제주 지금 비 한 방울씩 떨어지네요. 버스 타고 가는 중이라
시간 안 맞겠다는..ㅠ

매력가* 어디세요? 같이 납치하러 갑시다~

제주도독** 제주 도착하셨으니 아침은 고사리육개장 드셔야죠 ㅎㅎ
제주항 가까이 있으니 꼭 가서 드셔보세요~ 맛있어요.

재밌는나* 제주 아침에 살짝 비 오지만 9시면 그친대요~
그래도 준비는 하고 계세요 ㅋ

바요라* 제주도 날씨 좋기를 기원합니다.

제주도에서는 추적자가 거의 없을 거라는 생각과 달리
배에서 내리기도 전에 이미 2명의 추적자가 나타났다.

추적자 5(매력가*)는 내가 제주도에 도착하기 전부터 기다리고 있었고
추적자 6(주드말*)도 이곳으로 오고 있었다.

🏃 **매력가***

밥집은 벌써 결정되었다!! 어디 있나!!! 저 배인가...

↪ 👤 **흑염소엑****   얼른 납치하세요!! ㅋㅋ

↪ 🏃 **주드말***   헐 ㅠ 너무 멀리 가진 마세요 ㅠ 다 와 가는데 저도..

↪ 👤 **제주도독****   저도 함께 하고 싶지만... 육지에 나갈 일이 있어
나왔는데 하필 이럴 때... 모이세 말고 고사리육개장은
어떠신지 ㅎㅎ

↪ 👤 **은빛초***   공항처럼 플랜카드 들고 납치 ㅋ

행복한나* 계속 보면서 드는 생각이 아바타님 바지 선택은 탁월했다. 누구나 알아보기 쉽게..ㅎㅎㅎ

행복한나* ㅋㅋㅋㅋㅋ 첨에 작성자님 바지 보고 탈옥수인 줄 ㅋㅋㅋ

멍* 탈옥수라니요ㅋㅋㅋㅋㅋㅋㅋㅋㅋㅋㅋㅋㅋㅋ 당근색 바지가 인상적이긴 하지만 ㅋㅋㅋㅋㅋㅋ

매력가* 비가 많이 내린다.

주드말* 예보 안 맞네요 ㅠ 제주 며칠간 비 온다고 하면서 계속 맑았는데 하필 아바타님 오실 때 비라니..

꾹밍깡* 아바타 만났습니까아아악

매력가* 눈이 벌건 채 벌건 바지 찾고 있어양 아재아재 바라아재 졸리기 시작하재ㅋ 라임ㅋ

tube**** ㅋㅋ세 번째 글엔 댓글 좀 남겨 봅니다! 혹시 돈까스 좋아 하시면 애월 쪽의 demian(급하니 상호 노출!!!) 가 보세요. 처가가 제주도여서 매년 수차례 가는데.. 맛나요!

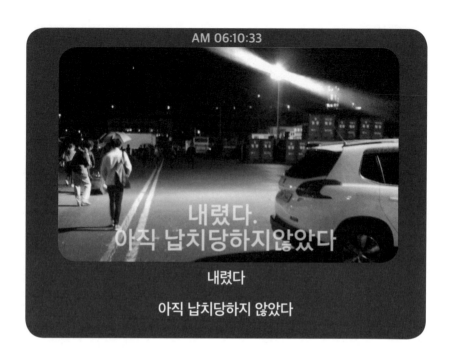

AM 06:10:33

내렸다

아직 납치당하지 않았다

🖼️ 👥 안하면되*   추적자님!!!!!!!!!!!!!!!!!!!
여기예요!!!!!!!!!!!!!!!!!!!!!

🏃 매력가*   빨간바지!!!!!!!

👥 여*   찾으셨나!!

🏃 매력가*   발견

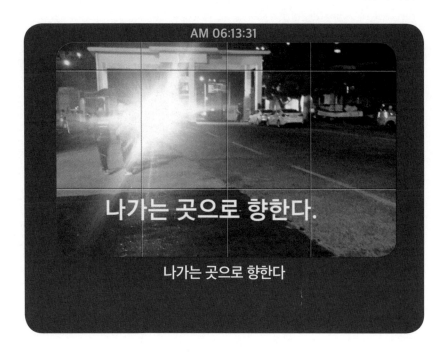

AM 06:13:31

나가는 곳으로 향한다.

나가는 곳으로 향한다

➡️ 👤 꾹밍깡*   그리고 납치되어 밥을 먹는다.

➡️ 👤 말랑카우**   일단 정지에서 서야 함.
                             그리고 검거 직전 사진 찍혀주는 센스.

👤 러브마*   진짜 재밌다 ㅋㅋㅋ 영화보다 흥미진진 ㅋㅋ

👤 알아먹*   납치도 실시간 ㅋㅋㅋ

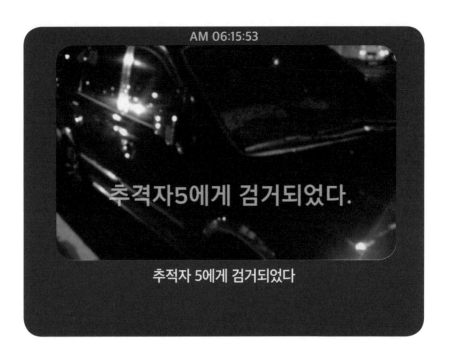

AM 06:15:53

추격자5에게 검거되었다.

추적자 5에게 검거되었다

| | 포포로* | 뀨앙 잡혔다 ㅠㅠㅠㅋㅋㅋㅋㅋㅋㅋㅋㅋ |

| | 말랑카우** | 강제 아침식사 공양받으시면 됨. |

| | 피터* | 잡았다 요분?!..!!! |

말랑카우** 여권 있으면 가까운 일본으로 보내는 건 어떨까요?

| | 꾹밍깡* | 이왕 배 탔는데 대마도 추천...쿨럭.. |

🏃 **매력가***

잡았다 빨간바지. 오렌지가 아니었군

추적자 5는 제주 토박이라고 했다.

내가 제주도에 처음 와서 잘 모른다고 했더니

오늘 하루 가이드를 해주기로 했다.

🏢 배드맨   추적자 6을 기다린다.

🔄 🏃 주드말*   시간이 좀 걸릴 듯해요.
                 추적자 5님과 함께 차라도 하시고 들어가세요 ㅠ

👤 **말랑카우****   오렌지 바지는 교통비와 식대 절약을 위해서
점점 스스로 검거를 당하는데……

👤 **민덕민***   아바타님 새벽부터 추적자들에게 인기 폭발-★

👤 **멍게가멍***   ㅋㅋㅋㅋㅋ추적자 6에 오늘 비행기 타고 가시는 분까지ㅋ
ㅋㅋ 신난다ㅋㅋㅋ

👤 **사랑이***   아바타님의 용기가 부럽네요.... 그리고 아바타님을 도와주
는 추적자님들의 도움도 고맙고요.
글 보니까 몇몇의 제2의 아바타님들이 나타나셨는데
단체로 아바타 결성해서 움직여보는 것은 어떨까요?
(나이 32인데 저도 다음 아바타로 껴줄실 건지요?)

👤 **레****   내일 되면 추적자 20 나오는 거 아닌가요ㅋㅋㅋ

🏃 **매력가***   아바타 취조 중
제주는 처음? 뭐라고????
용서할 수 없다.

↪️ 👤 **범나***   본때를 보여주세요!!

제주항으로 오고 있다고 댓글을 남긴

추적자 6을 역추적하기로 했다.

배드맨
추적자 6은 아무 버스정거장에나 내려서 알려주면
추적자 5가 데리러가기로 한다.

주드말*

여기입니다, 아바타님ㅠ
보상은 얼큰한 해장국
계산할 수 있는 영광.

INTER***
본격 아바타가 추적자 잡으러 가는 게임..

불사무적**
슬슬 런닝맨 분위기

여길봐날*

나 없이
시작하지 마.

행복한나*
이제 보니 아바타가 추적자들 조정하는 것 같습니다
ㅋㅋㅋㅋㅋㅋㅋㅋㅋㅋㅋㅋㅋㅋㅋㅋㅋㅋㅋㅋ

배드맨 주드말* 추적자는 위치를 말하라.

안하면되* 아바타님이 말하랍신다!!!!!!!

재밌는나* 네 마음속.

별* 아바타가 명령을 하기 시작했다...?

이초* 주드말*(60세) : 왜 반말이세요?

블루다이* 이 정도 속도라면 아까 제주행 티켓 끊으신 분....
추적자 번호 10 달게 될 듯요ㅋㅋㅋㅋㅋㅋ

배드맨 추적자 6을 추격하러 간다.

행복한나* 도..도망쳐!!

벌써10* 역추격 ㅋㅋㅋㅋㅋㅋㅋㅋㅋㅋㅋㅋㅋㅋㅋㅋㅋㅋㅋ

꾹밍깡* 추적자가 되었다.

Emily** 어느 순간부터 선택지가 사라졌다ㅋㅋㅋㅋㅋ

고농고* ㅋㅋㅋㅋㅋㅋㅋㅋㅋㅋ 본분이 아마 추격놀이었죠?

풍문으로* 뉴욕에서 탑승 ㅎㅎㅎㅎㅎㅎㅎ 한국 가고 싶다.

벌써10* 전 독일에서 탑승이요 ㅎㅎㅎㅎㅎㅎㅎㅎ
한국 여행하는 기분이네요.

teriy*** 캐나다 1인요....^^

김브라* 애틀랜타에서 탑승이요 ㅎㅎㅎㅎ

너이새* 리버풀 탑승합니다 ㅋㅋㅋㅋㅋㅋ

루나틱에* 멕시코는 첫 댓글부터 실황탑승 중이요~~
블프에 애틀랜타 갑니다!

찹쌀도너* 네덜란드도 탑승합니다!

민덕민* 3탄 되니까 아바타가 업그레이드된 기분......!!

 이럴려*   시리즈는 진화한다.

velu**   여러분은 집 떠난 지 하루도 안 된 아바타가 추적자를 역추
적하는 상황을 보고 계십니다. ㅋㅋㅋㅋㅋ

꾹밍깡*   만 하루 넘기셨어요ㅋㅋ

주드말*

   Hint.1

고농고*   ㅋㅋㅋㅋㅋ 게임을 시작하지.

행복한나*   그러니까 지금 이분이 아바타신 거죠?

벌써10*   장르가 변했어...?

심심해*   이제 아바타에 퀘스트 기능이 생겼다.

추적자 6이 남긴 정보를 토대로 추적 시작. 약 20분간의 추적 끝에...

🏃 **주드말***

추적자 5와 아바타님께 생포되었습니다.

 **심심해*** 퀘스트 보상은요?

 별* 허술해 ㅋㅋㅋㅋㅋㅋㅋㅋㅋㅋㅋㅋㅋㅋ

진리의간** 내가 코딱지 때 인터넷을 처음 접한 이후로 인터넷에서 보는 가장 신박한 연재글이라고 단연 손꼽을 수 있다.

 velu** 밥을 뭘 먹을지 궁금해서 잠이 들 수 없어!!!! 제발 식당에 좀 갑시다 ㅋ 난 모니터 앞에 앉아 있는데 왜 두근두근거릴까ㅋ 나만 그런가요.

AM 06:43:22

일단 밥을 먹으러 간다.

일단 밥을 먹으러 간다

재밌는나*
제주도는 역시 삼각김밥이죠.
특별히 전주비빔밥으로 부탁해요.

CATH**

아침엔
흑돼지가 좋은데!!!!!

tube****
이쯤 되면 마지막 부천 귀환해서는 무안 단물 셔틀님이
마중나가야 아름다운 피날레 아니겠습니까!?!!!??

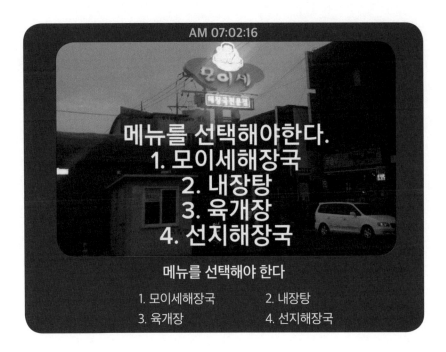

AM 07:02:16

메뉴를 선택해야한다.
1. 모이세해장국
2. 내장탕
3. 육개장
4. 선지해장국

메뉴를 선택해야 한다

1. 모이세해장국　　　　2. 내장탕
3. 육개장　　　　　　　4. 선지해장국

쳐*　　　　3

tube****　　　제주도 출신 아내가 모이세 맛 좋다고 유명하다
하네요. 전 못 먹어봤... ㅠㅠ

쳐*　　　　잠결에 1을 3으로 잘못 눌렀ㄷㄷ

오빠나예**　　해장국집 앞인 거 같은데 ㅋㅋ
선택지 3번이라니ㅋㅋㅋㅋ 자비 없는ㅋㅋㅋ

맛있게먹는다.

맛있게 먹는다

평생 먹어본 육개장 중 최고.

두 명의 추적자와는 고작 10분 전에 만났음에도 즐겁게 식사할 수 있었다.

별*

핥짝, 액정 맛이라도 보자ㅠ

아기굼벵*

출근해서는 히히덕거리면서 새로고침 하는데 과장님이 미쳤냐고 하신다.. 차마 아바타를 본다고 할 순 없고...

별*

이분은 날 날밤을 새우게 만들더니 이젠 육개장까지 먹고 싶게 만드셨어..... 내가 이분의 아바타가 된 기분ㅠㅠ

홍좌* 　　제주도 가셨으면 올레길 투어나 우도도 꼭 한번 가세요ㅋ

바요라* 　　우도 추천요.

홍좌* 　　제주도가 섬인데 또 무슨 섬을 가냐.. 하는 사람들도 있지만
　　제주도하면 성산일출봉 다음으로 꼭 들러야 하는 곳으로
　　우도가 손꼽히네요~ 또, 가파도의 청보리밭도 유명하고(지
　　금은 시즌 아닐 듯), 무한도전 유재석이 들렀던 마라도 짜
　　장면집도 유명하고 그래요. (소근소근)

페따* 　　저녁은 일본에서 초밥 어떠세요?

바보* 　　ㅋㅋ자꾸 일본행으로 꼬시는 분들이 나타난다ㅋㅋ

매력가*  　　추적자 5가 배가 많이 고픈데
　　계란을 몇 개를 넣을까 고민 중

사악한녀* 　　10개.

바보* 　　많이 넣으면 비려요..!
　　하나만 넣고 밥 말아먹고 국물까지 싹싹!

🏃 주드말* 추적자 6은 해장국 사드리고 이제 빠집니다 ;)
참고로 추적자 5님 훈훈한 청년ㅋ 아빠 같은 느낌.
아바타님 배드맨은 배드맨 아니라 큐트맨ㅋ 애기ㅋ
전 흐뭇하게 드시는 거 지켜봄. 보호본능이 왁왁 쏟아짐.
즐거운 여행 되세요!

↳ 👤 작성자여* 훈훈하군요ㅎㅎ

↳ 👤 꽃잎이핥* ㅋㅋㅋㅋ추적자 6님도 멋져요!!!!!! 고생하셨어요^^

👤 silka*** 설마 한라산 등반은 안 시키겠지~~

↳ 👤 October*** 안 시킬려고 그랬는데, 이분 때문에 시키는 분 나올...

👤 페따* 힘드실 테니 한라산은 시키지 말죠ㅠ
배 타고 편히 일본 보내드려요!

↳ 👤 October*** LA로 보내시면 제가 추적하겠습니다...?

👤 잡* 안 돼요. 일본은 여권 설마 안 챙겨왔을 거예요.

↳ 👤 넌넌센* 단지 이유가 그거뿐이에요??ㅋㅋㅋㅋ

추적자 6을 풀어준다

옆으로기** ㅋㅋㅋㅋ아바타가 추적자를 풀어줌.
뭔가 바뀐 거 같은데...

소금보* 나라면 저 사람 안 놓친당♥

견적셔* 그거 맨 처음에 무안 가시라고 한 분ㅋㅋㅋㅋㅋㅋ
빨리 책임지셔야 할 거 같은데ㅋㅋㅋㅋㅋㅋ

SF스릴* 본인 아니셨어요? ㅋㅋ

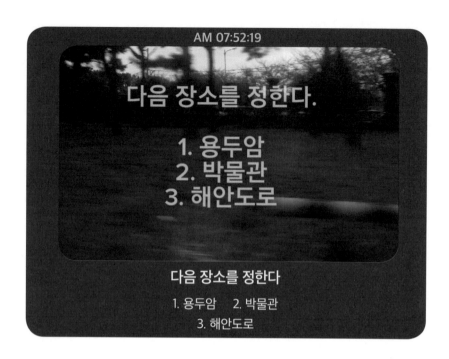

AM 07:52:19

다음 장소를 정한다.

1. 용두암
2. 박물관
3. 해안도로

다음 장소를 정한다
1. 용두암   2. 박물관
3. 해안도로

추적자 6은 비행기를 타고 떠났다.

제주도를 처음 오기도 했고 계획을 세워서 온 여행이 아니었기에

추적자 5의 추천을 받아 선택지를 만들었다.

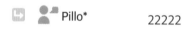 Pillo*　　　　　　22222

배드맨　　　　박물관이 닫았다.

한*　　　　　　제주도에 성인용품 박물관이 있다 들었는데 *-_-*

삼성혈에 도착했다
문을 닫았다
기다린다

박물관 개장 시간은 오전 8시 30분.

박물관 근처에 있는 삼성혈로 이동했다.

이곳 역시 닫혀 있다. 기다린다.

 바*

아바타를 이리저리 추적자 등장 훈훈 등등 정말 즐겁고 재
밌고. 하고 싶지만 쉬이 떠나지 못하는 여행을 대리만족하
는 맘이 더 크네요. 1, 2월쯤 꼭 따라서 아바타 여행을 해 보
고 싶다고 다짐합니다ㅎ
용기 있고 행동력 쩌는 아바타가 부럽습니당ㅎ
이렇게 훌쩍 떠나보고 싶어요ㅎ

세남자의** 매일 눈팅만 하던 두 아이 엄마입니다.
가입을 안 할 수가 없네요~
아바타와 추적자 덕분에 육아 스트레스에서
잠시나마 벗어나는 중입니다.
진짜진짜 감사합니다^^

누군가에게 내 여행이
'작은 행복'이 될 수 있다는 것에 기분이 좋았다.

아바타 여행을 하며 약간 힘들었던 것 중 하나는 수시로 근황을 올리고

소통해야 한다는 점이었다. 충분하지 않은 폰 배터리도 문제였지만

예상했던 것보다 폭발적인 반응이라 올라오는 댓글을 거의 확인하기

어려웠다. 그런 부분을 추적자 5가 대신 소통해주기도 하고

즐겨주었기 때문에 조금은 자유로워졌다.

매력가*  뭐야, 아이디 배드맨은
무슨. 내 입장료 내주는
차칸맨이구만.

 **October***** 아바타가 추적자를 납치, 방생하는것도 모자라서
입장료라니, 뭔가 뒤바뀌었잖아....

🏃 **매력가***

소환사의 협곡에 오신 것을 환영한다, 낯선 이여
나는 제주도의 추적자 남바 빠이브 세종이오↑

삼성혈이 열렸다. 큰 구경거리는 없지만 조용하게 맑은 공기를 느끼며

쉴 수 있었다. 정자에 앉아 시원한 바람을 맞으며 책을 읽고 싶었던 여행이었기

때문에 삼성혈에서의 휴식은 참 좋았다.

👥 **미*** 아침 숲의 공기 상쾌하겠네요ㅎㅎ

👥 **전국나눔**** 크.....나 진짜 여행 안 좋아하는데.... 여행 왜 가지 힘들게??
집에서 뒹굴거리면서 쉬는 게 최고라고 생각하는 사람
인데요. 이런 여행은 저도 하고 싶네요ㅠ
혼자인 듯 혼자가 아닌 여행

름시름*

이왕 제주도까지 온 거
마라도는 가줘야지ㅎㅎ

옥상별*

출근길. 이미 지각 중. 1, 2, 3편을 읽고 보니 작성자님
만나면 저도 맛난 거 사드리고 싶어요. 그 용기가 열정이
너무 멋져서. 전 곧 유부징어가 될 몸이지만,
누나가 맛난 거 사줄게양. 대전 오면 알려줘양.

7스타**

부럽다.. 왜 내 젊은 날엔 저런 짓을 해 볼 생각을...
A ├ ...... 휴대폰이란 게 없었구나.. ㅠㅠ

sai0***

아 서귀폰데... 추적하고 싶은데... 회사 가기 싫다...

저는생겨**

열정적이고 낭만적인 여행기 써주셔서 감사해요, 빨간바지
작성자님! 추적자님들 덕분에 아침부터 훈훈하네요~
지친 일상에서 부럽기도하고 힐링도 받고 가요.
감사합니다, 모두~~

더운*

이쯤 되면 국토부에서 표창장 하나 줘야 되는 거 아닌가ㅋ

재밌는나*

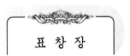

표창이다. 죽어라.

🏃 매력가*

삼성혈의 절경과
나뭇잎 쓸어 가는 소리
새들의 지저귐
그리고 우리네 타령이 울려퍼지니
신발이 날 질러 앞서가네

문과 망했으면...

우브브*   신발이 본체였어!!

October***   추적자가 먼저 퍼졌어!?

🏃 매력가*

아바타와 그를 추격하던 5번과 6번은
서로의 육개장 해장국 국물을 뜨며 얘기했다.
이 힘들고 삭막한 세상에 이런 가슴 뛰고 신기하며 재밌는 일이 또 있으랴

옳소/맞소

그대의 용기가 부럽소 대단하오

아니요 무안단물 덕이요

하하/하하하/호롤롤롤

웃음꽃과 먹는 깍두기의 신내음 그리고 대학 새내기 때부터 숙취로 쌓인 내 몸이
오장육부를 더욱 해장시켜 주었다.

오늘 가면 언제 만나오/인연이면 좋게 다시 만나지 않겠소

하하/하하하/호롤롤롤

그렇게 6번은 공항으로 사라졌고 남은 건 아바타의 육개장 국물

하, 우린 그릇까지 싹싹 다 마셨는데.

썬연* 다시 무안으로 오세요. 무안에 사는 오징어입니다. 오늘 저녁하고 잠자리 제공해 드립니다ㅋㅋ 무안단물 같이 빨아요. 힝

October*** 비행기 티켓 끊어두셨(....)

훈남도깨* 그렇죠;;; 예약은 취소해야 제맛임;;;ㅋㅋㅋ

아구벙* 어제 아침부터 사로잡혀 있네요. 이거 보면서 애들 넷 학교, 어린이집 보내고 밥하고 청소하고 씻겨 재우고 아바타님 주무시는 거 보고 저도 자고.. 아침을 같이 시작하고.. 세 아이 보내고 한 아이 붙잡고 함께 하고 있어요. 오늘 하루도 잘 부탁드려요.

리* 뉴욕에서 보고 있습니다 ㅎㅎ
와 진짜... 너무 흥미진진합니다 ㅎㅎㅎ
기회만 된다면 뉴욕편 해 보고 싶네요 ㅎㅎㅎㅎ
아바타님 힘내세요.

신의퀴* 제주도에 무지하게 아름다우면서도 멋진 박물관이 있다고 들었습니다. 실시간 생중계 바랍니다.

적자인* 교육적으로 한번 봅시다.

스파르**   러브랜드! 러브랜드! 남자 둘이 가는 러브랜드!

얀웬리**   러브랜드라니. 아바타님도 선택지 넣을지 고민되시겠다ㅋ

ㅏㅐㅜㅐ**   현재 부산에 살고 있는 제주인입니다. 제주도라고 하셔서 저희 동네가 너무 보고 싶네요. 저희 동네는 모슬포입니다. 곧 마라도ㄱㄱ 마라도 좋아요. 가세요. 마라도 멀면 가파도 가세요ㅋㅋㅋㅋㅋㅋㅋㅋ

이건정말**   한라산은 가지 마오~ 백록담까지 왕복 8시간..... 현지 고등학생은 경보로 날아올라 정상 찍을 때 스틱에 의존하며 숨 헐떡이던 그때가 떠올라 남기오~ 잠수함 관광... 한 번쯤은 해 볼만... 하지만 볼거리는 그닥이음~ 카트체험 재밌고, 승마도 한 번은 해 볼만~

비글아부**  가시는 걸음 기운 내시라고 보냅니다. 작성자분 여행 감동 받아 작게나마 보내드리니 꼭 맛나게 드셔주세요.

채형*   응? 누가 바꿔 먹으면 우짤라꼬~

휘둘러**   이걸 뺏어 먹으면 매장당함!!ㅋㅋㅋ 나눔=추천

내비타* 정말 빠져나올 수가 없어요. 어떡해요ㅋㅋㅋ 요즘 같은 세상에 뜻하지 않던 기분 좋은 선물을 받은 기분이에요~^^

아빠는요** 18일날 비행기 타고 집으로 갈는지. 집 말고 다른 목적지가 생길 것 같다 ㅋㅋㅋㅋㅋ

부가세포* 첫 댓글을 이곳에 남깁니다.
오랜만에 묘한 기분으로 설레면서 정주행했네요 ㅎ

비글아부**  바다를 좋아하는 것 같으니 그림 같은 협제해변으로 보냅시다.

재밌는나*  하 협재 협재..
앓이 중..

tube** 제주관광청은 뭐 하나!!!?!
놀지 말고 이럴 때 기회를 잡으란 말이다!!!
페북지기든 트위터리안이든 뭐든!!!!!!

6578** 아바타야 아바타야
어서 선택지를 내어놓아라. 그렇지 않으면 구워 먹으리.

여기까지 구경해본다

맨발의** 자연사 박물관!

ㅐㅐㅜㅐ** 삼성혈이랑 가까웠더랬죠 ㅎㅎ 전 초딩 때 가본 기억 밖에 없네요. 기억에 남는 거라고는 커다란 갈치....

acidq** 이제는 잊힌 추적자 4다.
3시간 자고 출근해서 근무 중이다.
그리고 아바타는 나보다 5년 연상이었다.

사막의* 근무는 무슨 댓글 달고 있으면서... ㅎㅎ

훈남도깨* 여자 추적자가 없어서 안타깝단;;;ㅋㅋㅋㅋㅋㅋㅋㅋㅋ

치른한른** 있어도 asky(안 생겨요)

적자인*

추운 날씨에 당 떨어지면 아니되오.
몸 챙겨가며 다니시오.

적자인* 작성자만 쓰시길 ㅠㅠ

스파르** 추적자 해 보려고 연차 쓰려다 사직서 쓸 뻔해서
포기합니다. 서귀포에도 볼 거 많아요~
러브랜드는 꼭 다녀오시고요. (아, 물론 추적자님이랑요)

ㅏㅐㅜㅐ**

제주 아쿠아 플라넷 가시면 제주 심해에 사는 해파리 종인 유령 독해파리를 보실 수 있어요.

옥상별* 오리털 같아 보이는 건 제가 순수하지 못해서일까요?

👤 **와퍼N빅*** 나가봐야 해서 차키를 챙기고 댓글을 보면서 지하 주차장에 왔는데, 손에 들려 있는 건 음식물 카드.. 다시 올라가 차키를 챙겨 지하 주차장에 내려갔는데.. 아뿔싸.. 내 차는 지상에 있구나.. 아바타님 글 읽다가 내 정신을 삼성혈 구멍에 넣어버린 듯...

🏃 **매력가*** 중간 끄적.
아바타는 무성한 나무 그늘과 정자의 나뭇판자의 포근함을 아는 자이다.

조용하지만
시끄러운 바람소리와 외치는 새소리를 좋아하며
지금도 자연사 박물관을 유영하듯 구경 중이다.

허나 이 많은 중국 인파, 대부분 여자인 이 관광객들에게 눈길조차 안 주는 거 보니 분명한
ㅇㅇ
ㅗㅠ인

비를 맞아 춥고

배에서 잔 탓인지 다소 피곤해서

기억에 남는 건 박물관 입구에서 본

거대한 심해어뿐…

배드맨

비를 맞아서 그런지 몸이 춥다. 감기에 걸릴 것 같다.

1. 잠시 앉아 있는다.
2. 따뜻한 차를 마시며 몸을 녹인다.
3. 시장을 간다.

사회복지**　　　22222

Cislu***

이게 뭐야ㅋ 어제 부천에서 봤는데 제주도까지 와 있어ㅋ
둥이들아! 아빠다!!!!! 아빠 성지에 있다!!!!! 첫돌 건강하게
자라줘서 고맙다~ 와이파이님 사랑합니다!!!

츄카츄카*

아, 왜 회원가입에 댓글까지 쓰게 합니까!!!
배드맨님 멋져부려
여행룩의 새역사
당근바지 사고 싶다.

잭아저*

드디어 실시간까지 진도 맞췄네요. 독거노인이라 휴가
내도 갈 곳이 없는데 나도 나중에 해 볼까ㅋㅋ

본좌*

호주에서 잘 보고 있습니다~ㅎㅎ
호주에 계신 분들 저희도 한번 해 볼까요 ~ㅎㅎㅎ

옥상별*

감기 걸리면 안 돼요! 제 주도까지 갔는데ㅠㅠ 우선은 몸 좀 녹인 후 1인 게스트하우스 찾아서 푹 쉬고 저녁에 야경 보러 움직이세요ㅠㅠ 제발ㅠ

너무 무리해서 돌아다니셨어요ㅠㅠㅠ

MC_Map*   협재로 오시면 숙박 제공 픽업 갑니다!!

MC_Map*   덤으로 우리 집 고양이도 만지게 해드림 ㅋㅋㅋ

적자인*   숙박을 가장한 감금 예정자 ㅋㅋㅋ

다현서아*   쌍화탕.
아프지 마세요.

추천남*   ------아바타만 드세요!! 아무도 건들지 맛------

감기 기운이 있어 몸도 회복할 겸 카페에 들렀다.

내가 카페에 있는 동안 추적자 5는 잠시 볼일이 있어 다른 곳으로 갔다.

AM 10:15:54

1. 국화차
2. 자스민플라워티
3. 유자차
4. 얼그레이
5. 다즐링

1. 국화차　　2. 자스민플라워티
3. 유자차　　4. 얼그레이　　5. 다즐링

졸린사*　　　　　333

려　　　　　333333333 유자차가 감기에 좋아요!

눈팅9*　　　　눈팅 9년 차인데... 날 회원가입 하게 만들다니
　　　　　　　인정한다 배.드.맨...

눈팅9*　　　　ASKY 저주에 거릴까 봐 진심 죽을 때까지
　　　　　　　눈팅으로만 끝내려고 다짐했었는데...ㅠㅠ
　　　　　　　가입 안 할 수가 없네야.... 하..

AM 10:19:54

유자차로 몸을 녹이고 있다.

유자차로 몸을 녹이고 있다

초월*

역시 추위엔 유자차!! 여행 가고 싶어지네요ㅠㅠ

김군김*

강릉으로 급선회해 오시면
회, 소주, 소고기까지 대접하겠습니다^^*

다현서아*

 허니버터브레드

탐앤탐스
허니버터브레드

9460 5171 0390 1322

➦ 👤 **다현서아*** 탐앤탐스 떠나기 전에 드세요.

➦ 👤 **추천남*** 아~ 탐탐인 거 알고 허니브레드 쏘신 거구나!!!!!
진짜 센스쟁이ㅋㅋㅋㅋㅋㅋㅋㅋㅋㅋㅋㅋㅋㅋ

유자차를 한잔 마시면서 댓글을 보고 있으니

많은 분들이 힘내라며 초콜릿, 음료, 빵 등 기프티콘을 올려주었다.

댓글을 통해 모든 사람들에게 공개가 되다 보니

익명의 누군가가 사용할 가능성도 있고

내가 직접 사용하러 해당 매장을 찾아가기도 어려웠다.

어떤 분은 문화상품권을 올려주었는데

누군가가 이미 사용해버리는 바람에 작은 소동이 일어나기도 했다.

👤 **간접살*** 문화상품권 누군가 벌써 써버렸네요.
혹시나 하고 조회해보니
에구, 못난 인간아. 왜 그러고 사니ㅉㅉ

👤 **ㅠㅠ울지**** 나눔들이 너무 많아서 걱정되네요. 문제 생길 거 같은데..

➦ 👤 **고냥이사*** 22 이 글 보는 사람들이 너무 많아서
먹튀 또한 성행할 듯 ㅠㅠ

대전사* 음식 관련 기프티콘은 좋지만 현금처럼 사용할 수 있는 문화상품권은 다른 사람이 채갈 수도 있을 거 같아요ㅠ 오픈되어 있는 공간이라 많은 분들이 보게 되어 협찬하신 분의 의도와 달라질 수도 있을 거 같아서 협찬하시고도 마음대로 안 되면 슬프실 거 같아요.

배드맨 탐앤탐스는 주문했습니다. 감사합니다. 다현서아*님.
많은 분들이 기프티콘류 많이 올려주셔서 정말
감사합니다. 하지만 제가 사용을 하기가 어렵습니다.
마음만 받을게요. 감사합니다.
지원 안 해주셔도 돼요ㅠㅠ 제 마음이 무겁습니다.

다현서아* 제가 감사해요~^^

부릉부** 하구둑 보여드리고 회식 때문에 풀어드렸는데...
저녁 안 먹이고 보냈다고 와이프한테 혼났어요 ㅠㅠ
추적자분들~ 맛난 거! 좋은 곳! 많이많이 부탁드려요~^^/

하늘바다** 그나저나 무안 가셔서 무안단물은 드셨나요??

Brus** 식용이 아니래요 ㅋㅋㅋㅋ

초월*

내일이 시험인데... 하라는 공부는 안(못) 하고...ㅠㅠ
(미국, 일리노이는 지금 밤입니다.)

Brus**

저도 과제고 뭐고 이것만 보고 있어요ㅋㅋ
미국 남부입니다.

섬에살아*

이게 뭐이라고... 회원가입 하고...사무실에서 새로고침
해가면서 끌끌거리다가 잔소리 듣고...현장 와서 일하다가
두근거리고... 기회가 돼서 부산까지 오시면 회 한 사라
대접하겠습니다.ㅎㅎ

개념천*

(직접 그린 그림입니다)
작성자님 무사히 아픈 곳
없이 여행 마치시고 집으
로 귀환하시길
기도합니다.

투르크*

어제 오전부터 이 글을 보고 있는 내가 자랑스럽다ㄷㄷㄷ

뱅갈로장**

제주 중문에서 남쪽 해안도로 따라서 성산까지 쭉 드라이
브.. 해안의 풍력발전단지 구경하고 성산 지나서 애월에
명진전복 드세요. 두 번 드세요ㅋㅋ

혜민혜준** 안녕하세요? 제주닷컴(www.jeju.com) 여행사 상품
담당자입니다. 현재 제주도의 날씨는 비가 올 듯 올 듯..
조금씩 비가 내리는 곳도 있고 그런데.. 우연히 관계사
대표님께서 연락을 주셔서 아바타 여행을 확인하였습니다.
지금 여행 다니실 때 렌터카가 필요할 듯한데..
필요하시면 제 글에 답글 달아주시면 확인하여
도움드릴 수 있도록 하겠습니다.

⊙▲⊙*** 오오 세상에!!! 협찬 들어왔어!!!

루* 하지만 아바타님 면허가 없다면? ㄷㄷㄷㄷ

신나는칸* 여권 안 갖고 계시려나ㅠ 일본 사는 징어인데
일본 오시면 스시나 라멘 사드리고 싶어요!

말도안* 일본까지 가시라구요ㅋ 어디까지 보내시는 거예요ㅋ

달려라부** 그봐요...몸살 걸린 거 같습니다.. 잠도 제대로 자지도 못했
고요...큰일이네요..어디 가서 좀 쉬셨으면 좋겠네요.. 여행
도 중요하지만 지친 몸을 쉬게 하는 것도 정말 중요합니다.

우헤헤* 제주도민분들 ㅜㅜ 우리 아바타 따뜻한 집으로 납치 좀요
지금은 쉬셔야 해요 ㅜㅜㅜ 힘들 만해. 엉엉엉.

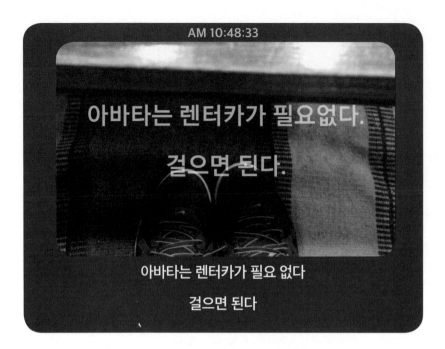

AM 10:48:33

아바타는 렌터카가 필요없다.

걸으면 된다.

아바타는 렌터카가 필요 없다

걸으면 된다

🔁 👤 음..난**   닝겐노 아바타와 튼튼데스네ㅋㅋㅋㅋㅋㅋㅋㅋㅋㅋㅋ

👤 비오면뛰**   사장님들 여기예요.
                    여기 월급도둑이에요.

👤 착한_악*   제주도 기억에 남는 곳 중에 잘 안 알려진 곳으로 동백동산
                    이라는 곳이 있습니다. 거문오름 근처에 있고 찾기 좀 어려
                    우실 듯.. 곶자왈의 특성이 잘 나와 있어 신비한 분위기 연
                    출이 가능합니다~~ 참고로 서귀포시 옆에 있는 카멜리아
                    힐(동백동산)과는 다른 곳입니다~~

Api*

작성자님 감사합니다. :) 저 역시도 취준생인데 힘든 몸과 마음이 작성자님 글 하나로 많이 위로가 되네요!! 배드맨이 아니라 천사맨인가.... ㅋㅋ 피곤하실 텐데 너무 무리하지 마시고 좋은 여행하시길 바랍니다!!!!

말도안*

아바타님 글이 끝나더라도 새로운 트렌드가 되어서 한동안은 다들 아바타 놀이를 할지도 모르겠네요!! 즉흥적으로 떠나는 여행이 부럽습니다 ㅠㅜㅠ 전 이번 12월 말에 일본으로 여행을 갈 건데 블로그 같은 데 리뷰를 보면서 갔을 때 어디를 갈지 검색하다 보니 다들 가봤던 곳, 다들 가기 편하다고 하는 곳, 다들 한 번쯤은 가봤던 맛집 위주로 찾게 되더라고요... 저도 아바타님을 본받아서 전부 계획에 맞춰서 행동하지 않고 그때그때 제가 원하는 대로 즉흥적이고 만족하는 여행을 할 수 있었으면 합니다. 물론 저는 편도 다섯 시간!!의 긴 여정은 자신 없지만 말이죠..ㅎㅎㅎ 12월에 일본 아바타편 탄생할지도?!

↪ **비바라비***

12월에 일본 아바타편 기다릴게요~~^^

↪ **肉**

일본 추적자 대기 중입니다!!!!!ㅋㅋㅋ

카페에 오래 머물다 보니 새로운 추적자가 등장했다.

언니지친*

아바타님 추격하러 시청가는 중!! 기다려주세요 ㅋㅋㅋ

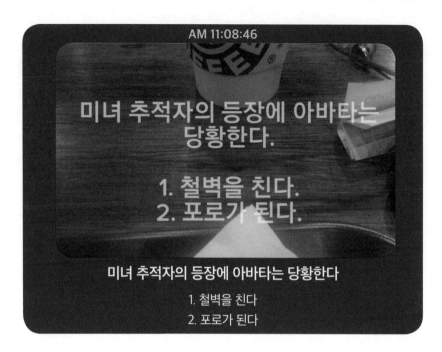

AM 11:08:46

미녀 추적자의 등장에 아바타는 당황한다.

1. 철벽을 친다.
2. 포로가 된다.

미녀 추적자의 등장에 아바타는 당황한다

1. 철벽을 친다
2. 포로가 된다

🔁 👤 핵신*   2222222222222222

👤 스파르**   오, 여자 추적자다!

🏃 언니지친*   아바타님이랑 대화 중입니다 :)
                      전 그냥 한 마리 오징어일 뿐입니다 ㅋㅋ

추적자 7은 제주도에 있는 항공사에서 일한다고 했다. 오늘은 비번이라 집에서 쉬고 있었는데 아바타 여행 글을 보다가 호기심이 생겨 나왔다고 말했다.

김군김* 이렇게 추적자 5와 추적자 7은 동반 탈영을 하고..
홀로 쓸쓸히 남는 아바타..???

추천남* 불변의 법칙 아시죠? 아무리 아바타라도
지금 눈 맞고 뭐 그런 상황 안 돼요 절대 안 돼요!!
내가 그 꼴은 또 못 보지!!!!!

옥상별* 좋아! 쉬지 말고 움직여 아바타여! 감기고 나발이고! 지금
아픈 게 중요해?! 미녀잖아 미녀!

신용1등* 추적자 7 : (귓속말로) "안 생겨요~~" 외치고 퇴장한다...

미코대* 미녀 추적자에게 커플 아바타가 되기를 권유한다ㅋㅋㅋ

히노* 사격준비

추천남* 안 돼. 그래도 커플은 싫어. 안 돼. 안 돼. 으앙, 다 쏠 거야!!

룰루랄라** ....지금 썸 타요? 사격준비 중인데 지금 썸 타나요?
아바타 동공 지진 중.

Poch*

포로가 되라 했더니 사랑의 포로가 된 것인가 ㅜㅜㅜㅜ

하이*

포레스트 검프 보는 기분 ㅎㅎ 톰 행크스가 달리기
시작하니 사람들이 모여들었던 그런 장면 ㅎ

군자동하*

오랜만에 댓글 남깁니다...
역시 남자란 미녀가 등장하니깐 사진이 안 올라오네요..
현기증 나요... 데이트 그만해요.

부산자*

[system]아바타는 매우 행복한 시간을 보내고 있는 듯하다

청춘F*

아바타 몸 안 좋다잖아요.. 좀 기다려 봅시다. 다음에 어떻
게 할지 얘기 중일 수도 있고요.

acoustic**

여유롭게 봅시다.
여행인데 몇 시간 편히 쉴 수도 있는 거 아닐까요.
그렇게 해도 보는 사람 여전히 행복할 수 있으니까.

Euter**

썸을 탄다잖아요 썸을 ㅠㅠ
두 사람이 썸을 타는 장소 투썸 플레이스 ㅠㅠ
썸을 타는 장소 투 썸 플레이스 ㅠㅠㅠㅠㅠㅠ

Dalba** 탐앤탐스 아니었나요!? 갑자기 장소가 투썸으로...(...)

Magnu****** 추적자님 위치 좀 찍어주세요.

알게뭐*** 추적자 8(커플브레이커) 등장??

Magnu****** 일단 근처 탐탐으로 ㄱㄱ함. 이미지가 안 올라가 ㅠ

추적자들에게 많이 들은 질문이 있다.

어떻게 이런 여행을 하게 되었는가? 왜?

나는 여행을 떠날 때 자유로움과 편안함을 추구한다.

간혹 혼자 떠나는 여행에서 만난 이들과 함께 하기도 한다.

이런 만남은 서로에게 부담이 없고 솔직할 수 있어

여행에 해가 되기보다는 득이 된다.

아바타 여행은 혼자 다니는 여행이지만

누군가와 가벼운 소통을 할 수 있다는 점에서 시작하게 되었다.

물론 추적자라는 분들이 생기리라는 것은

예상하지 못했다.

AM 11:29:53

피로회복하고 힘을낸다.

피로회복하고 힘을 낸다

이슬환*

아프지 말아요~~~~ 건강하게 마무리하시길 ㅎㅎ

언니지친*

아바타님과 추적자 5님과 함께 대화 중입니다 ㅋㅋ
추적자 5님 어디 다녀오시느라 기다렸어요 ㅎㅎ

난김군

일부러 빠져주신 걸 정녕 모르십니까??

만리**

탐앤탐스 제주시청점으로
추정됩니다!!!!!!ㅎㅎㅎㅎㅎ

Magnu****** 시청 탐탐인가? 잡으러 갑니닷

jongm*** 오, 새로운 추적자 8 등장?

피치사* 저도 아바타 게임 하면 여자와 대화할 수 있는 건가요?

재밌는나* 놉.

Ragna*** 인생이 그렇대요.

누나거기** 으앙, 드디어 따라잡았네요.
어제 무안 가는 버스 타는 거 보고, 젊음이 좋긴 좋네, 하고
잊고 있었는데... 이렇게나... 눈물이... ㅠㅠ
부디 몸 건강히 여행 잘 마치고 돌아오길 바래요.

며르* 늘 생각만 했던 그냥 떠나보는 여행을 실천으로 보여주신
작성자님 부럽고 멋지네요. 돌아오실 때까지 안전하고 즐
거운 여행하세요~

티베리* 오늘 아바타의 마력에 이끌린 뉴비입니다. 여행 좋아하는
데 이렇게 아바타식은 정말 참신하네요 ㅋㅋㅋ 댓글만 봐
도 다들 훈훈하네요. 나쁜 남자의 탈을 쓴 굿맨 아바타님의
무탈을 기원합니다!

AM 11:37:29

추적자 공개

🔁 👤 꾸**ㄹㄲ* 5?

🔁 👤 하리보는*** 겨드랑이에 끼고 있는 밝은 건 뭐예요?

👤 까칠한까** 出발지/도착지 김포 ▶ 제주 어제 시작글부터 보고.. 부랴
From / To GIMPO JEJU 부랴 준비했는데 저도 추적
出발시각(Dep) 12:45 자가 될 수 있을까요..
탑승구 탑승시각 좌석번호
Gate Boarding Seat No.

🔁 👤 하늘바다** 헉 김포 가는 비행기 동승자 출현.

누군가 비행기 티켓을 예매 후 댓글을 남겼다. 이쯤 되니

조금 부담스럽기도 하고 혹여나 문제가 생기지 않을까 걱정이 들었다.

Mark*

Your booking is now completed
Booking ID
81487409

Standard Twin Mountain View

1 Room X 1 Night		KRW 400,400
Taxes and fees		KRW 84,084
Total		KRW **484,484**

PAID

아바타에게 지령을 내린다.
제주 숙소로
잠시 돌아간다.
씻고 나온다.

Brus**

어...? (동공 지진)

편의점지**

헐 신라호텔????

Mark*

부킹 아이디입니다. 호텔엔 제가 연락해 놓겠습니다.

없는닉이**

잘못하면 엄한 사람이 쓰는 거 아닐까요...
금액도 금액인지라 부담스러워서 안 쓰실 듯한데..

Mark*

따뜻한 곳에서 씻고 몸 좀 녹이고
쉬다가 나오셔야 합니다.

꿈꾸는것**

와 대박ㅋ 호텔을 끊어놨어ㅋ 이건 지불 끝내서
안 갈 수도 없잖아. 강제 휴식이네 ㅋㅋㅋ

갑작스러운 호텔 예약에 머리가 복잡해졌다.

이런 과한 베품을 받을 거라는 생각을 전혀 하지 못했다.

좋은 숙소가 아니라도 편하게 잘 수 있고

혼자 온 여행에서 이런 숙소는 과분하다고 느꼈다.

배드맨
Mark*님 정말 감사합니다.
하지만 정말 마음만 받겠습니다. 아직 취소
가능하실 거라 믿고 취소해주시면 안 될까요?

Mark*
아바타여~ 모든 용돈을 여기에 쏟아부었다!!!
얼른 가서 쉬고 나와야 한다.
아프지 말거라!!!

Mark*
당일 예약 취소 불가합니다ㅠㅠ

취소 불가라니... 부담스럽지만 사용하기로 했다.

배드맨
Mark*님 정말 취소 안 되는 것이라면 감사히 사용하겠습니
다ㅠㅠ 어떻게 쓰는 건가요ㄷㄷ

라면은3*
호텔 프론트에 가서 "배드맨입니다." (소근소근)
하시면 되지 않을까요 ㅋㅋㅋㅋㅋㅋㅋㅋㅋ

매력가*

추적자 5입니다.
1. 탐탐에 아바타 떨구고
2. 전 집에서 배터리 들고옴.
3. 와 보니 패셔니 여징어 있음.
4. 사온 피로회복제는 1개
5. 마음과 같지 않은 방향으로 드림.
6. 그래서 아바타는 맛있게 먹고 기운 냈음.
거기엔 여징어 효과가 큼.ㅋ
공격하라.

 추천남*

마음과 같지 않은 방향ㅋㅋㅋㅋㅋㅋㅋㅋㅋㅋㅋㅋ

 Magnu******

이동할 거라면 좌표를 찍어달라.

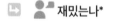 재밌는나*

ㅋㅋㅋ추적자 8은 마음이 급하다 ㅋㅋㅋㅋㅋㅋㅋ

 쏠로예*

아메리카노 한잔 드릴려고 쿠폰 구매하고 댓글 쓰고 나니 새 글 파셨네 ㅠㅠ
추적자분이랑 같이 한잔씩들 하세요 ㅎ
참고로 이 글 때문에 회원가입 했다는 ....

 Cislun**

마음만 감사히 받는답니다.
삭제하시고 기쁜 맘으로 실감하세요^^

이자식들** 처음 본질과 다르게 흘러가는 것 같아 전 개인적으로
좀 그렇네요. 아바타분이 어찌 행동하시는지 즐기면서
응원하는 것만으로도 충분해 보였었는데 오히려
많은 개입과 부담 느낄 만한 스폰까지 ...

평* 아바타가 잘 컨트롤하고 있어서 전 괜찮다고 봅니다.
이런 글도 아바타님께는 부담일 것 같아요! ㅎㅎ

7스타** 저도 이게 걱정이긴 한데 아바타분이 생각보다
단호박... 이심 ㅎㅎ

그사이 추적자 8이 거의 도착했다는 댓글을 남겼다.

Magnu****** 거의 다 도착!

Euter** 달려라 추적자 8!!!

Magnu****** 좌회전 신호 받고 내려가면 끝

데스노* 드디어 합류이신가요~~

Magnu****** 비가 저처럼 추적추적 오네요ㅋㅋ

 acidq**

추적자 4는 지금 이곳에 있다. 나머지 추적자 근황 보고 바란다.
Ps. 차장님한테 돛대 뺏겨서 우울하다.

 주드말**

추적자 6도 귀환했다. 추적자 5님이 굉장한 기동력을 보여주셨음. ㅎㅎ 아바타는 큐트맨이다. 특별히 보호본능을 불러 일으키니 다음 추적자들은 경계하고 접촉하라.

마녀하*

얼마나 팍팍한 세상이면 용기 있는 청년의 무대포식 여행에 이리도 열광하는지...기분 좋은 설렘에 애 셋 아줌마도 대리만족을 느낍니다 ㅠㅠ

 쑬플*

관람하시는 분들 고생 많으십니다. 작은 거지만 사용해주세요...!! 아무나 쓰세요.

꾸**ㄹㄲ*   이제 관람객에게 나눔을!

Euter**   아무나 쓰시래 ㅠㅠ 차칸사람 차칸사람

Magnu******   시청 도착! 일단 주차부터.

신초*   어서어서

리스타*
1. 어제부터 이 글 따라다니고 있다.
2. 제주도 도착했나 보려고 일찍 일어났다.
3. 새로고침 광클하고 있다.
4. 월급 루팡 중이다.
5. 패셔니 여징어에게 포획된 배드맨님 부럽다.
6. 나도 아바타 여행 해 보고 싶다.

해당사항 있으면 추천 ㄱㄱ

mischie****   점심 먹고 오면 또 어떤 일이 벌어져 있을까? 두근두근...

작업사*   제주 시청이면 긴급으로 여권 하나 만들어 주세요~~

Moji**   ㅋㅋㅋㅋㅋㅋㅋㅋㅋ 어디까지 보내실려고 ㅋㅋㅋㅋㅋ

👤 전진앞으*　　　제주도는 도청에서 만들줘요ㅋㅋ

👤 미스티레*　　　전날 밤엔 제주행 배 안... 오늘은 신라호텔!!
　　　　　　　　마라도는 가는 거 맞나요?

👤 쫄깃한탕**　　10시에 아바타 3편 발견하고 정주행 완료!! 이별한 지
　　　　　　　　얼마 안 돼서 지쳐 있었는데 이 글로 힐링이 되었어요~
　　　　　　　　몰입도도 높고 이별했단 생각이 전혀 들지 않아요!!
　　　　　　　　나도 떠나고 싶다!! 아바타 여행!!

👤 2성애*　　　　나도 저렇게 모르는 사람들이랑 여행 떠나보고 싶다~~~~

👤 엄마와*　　　　깨어나 보니 중국 선박...

👤 치킨*　　　　　그리운 바다 성산포. 무릇 제주에 갔다면 비록 이생진 시인
　　　　　　　　의 시집은 옆구리에 없더라도 성산포에 올라 우도를 바라
　　　　　　　　보며 망중한을 즐겨야 하지 않겠습니까요.

👤 i추*　　　　　부천에서 솔로가 제주에서 4인팟이 되었다 ㄷㄷㄷㄷㄷ

👤 뇌섹중년**　　아바타..가 이렇게 흥할 줄이야.. 일단 아프지 마시길..^^
　　　　　　　　멋진 판타지스러운 여행이 되시길..

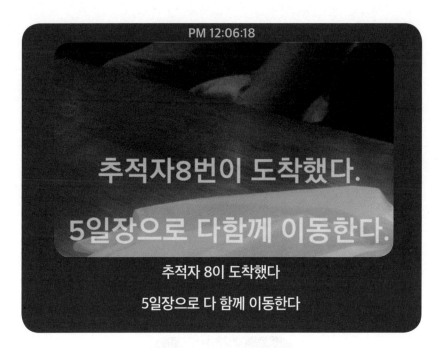

PM 12:06:18

추적자8번이 도착했다.

5일장으로 다함께 이동한다.

추적자 8이 도착했다

5일장으로 다 함께 이동한다

추적자 8이 도착해 장소를 옮기기로 했다. 선택지를 만들까 고민했지만

가끔은 여기까지 와주신 추적자들이 정해주는 곳으로 이동하기로 결정했다.

물론 인터넷으로 보는 분들이 많이 아쉬워했다.

신용1등*   선택지는 우리가 결정한다~~
초심을 잃은 아바타~~~~

슈*   아바타가 인공지능이 되었어 ㅋㅋㅋㅋㅋ
이제 선택지 같은 거 안 주고 자유여행함 ㅋㅋㅋㅋ

Mark*   투숙자 실명 필요!! 쪽지 보냈습니다. 확인해주세요!

박력탬태*   아바타님 여기요!!!

미스티레*   당근 바지는 어디서 구하죠?

재밌는나*   농협직판장이요.

썸만주구***   제주에서 취직도 하고 결혼도 하면 좋겠다.

잘될꺼에*    교사인데... 수업 제치고 보는 중 ㅋㅋㅋㅋㅋ 교감쌤한테 들킬 뻔 ㅋㅋㅋㅋ ㄷㄷㄷ

밴드혁*   선생님ㅋㅋㅋㅋㅋㅋㅋㅋㅋㅋㅋ

Queen***   교장선생님!! 여기예요 여기!!

스팁**   5일장에서 아바타 꾸미기해요~!!! 속옷도 갈아입히고 ㅠㅠ

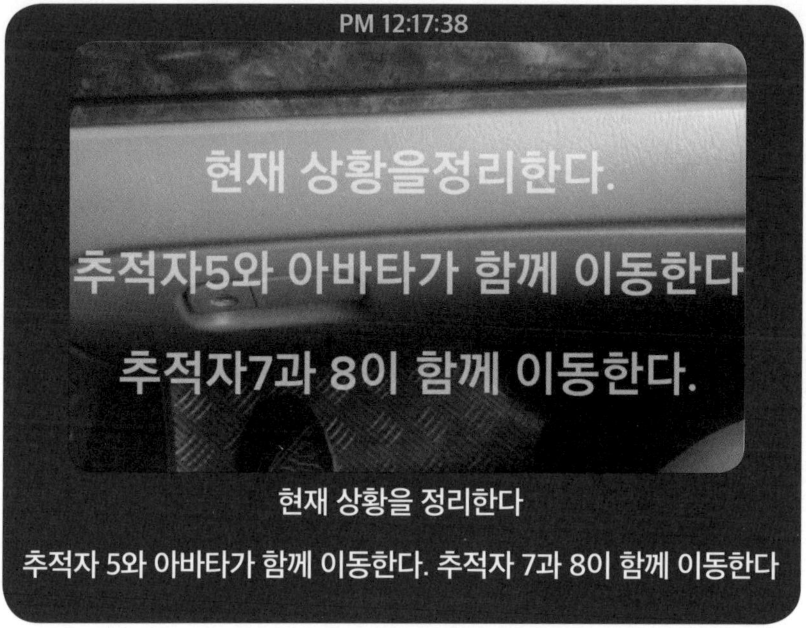

PM 12:17:38

현재 상황을정리한다.

추적자5와 아바타가 함께 이동한다

추적자7과 8이 함께 이동한다.

현재 상황을 정리한다

추적자 5와 아바타가 함께 이동한다. 추적자 7과 8이 함께 이동한다

sixwi**   추적자 7과 8을 각별히 감시할 것 ㅋ

다리*   추적자 7, 8 뜬금 데이트각ㅋㅋㅋㅋ

CongNa***   추적자가 많아져 나중에는
버스 25인승 대차해서 다녀야 할 듯...

아모*   이걸 다 못 보고 복귀해야 하다니...
부대에서는 안 되는데 ㅠ

고농고*   아.... 화.. 화이팅!?

개념천*   아 ㅠㅠㅠ

생각잇는* 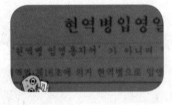 2시에 군대 갑니다.
하지만 봅니다.
(다 못 보고 가는 게
제 불찰입니다 ㅠㅠ)

마리웨*   잘 다녀오세요. 추울 때 가는군요 ㅠㅠ

오유의여*   입대 첫날밤 정신이 몽롱한 상태로 누웠는데
엄마 생각도 안 나고 빨간바지만 아른...

까칠한까**   이전 게시글에 김포 ⇨ 제주 티켓 올린 오징어인데요..
도착하면 아바타님 뵙지도 못할 것 같은 이 기분ㅜ
그나저나 흡연실 갔다가 화장실 들르고 지금 탑승
대기하는데 폰으로 이거 보시는 분들 좀 계심ㄷㄷ

스쿠터여**   제주도 스쿠터 여행 중인데 정반대 쪽이라 ㅠㅠ
성산일출봉 쪽으로는 안 오시나요?

우타카*

차 2대에 스쿠터도 동행하는 건가요!!
멋있어.. 낭만적이야..

몰입의*

여러분, 여기 성지 맞아요. 갑자기 소원들이 이뤄지고 있
음. 방금 관련 전화도 받음ㄷㄷ 기도하세요. 다들.

안나사*

아, 돈 많이 벌게 해주시고
이번에 아이 가질 수 있게 해주세요...ㅜㅜ

케틀*

저의 기운도 받으세요. 어제 아기집 보고 왔어요 ;)

일이이*

(속닥) 행복한 삶을 살아갈 수 있는 용기를 주세요!

하리보는***

제발 우리 바보 같은 남편
정신차리고 살 수 있게 해주세요 ㅜㅜ

MC_Map***

1시간 걸리는데
가면 추적할 수
있을까요?ㄷㄷㄷ

 너섬징* 늦지 않았을까 고민할 시간에 얼른 출격!!

 MC_Map*** 고양이 자는 틈을 타서 추...출발!!

 매력가* 왜 우리 둘이 한 차냐면요. 잇힝
제 원룸에서 아바타 샤워하거든요.
오케이 닝겐뽀이??
(그 후로 아바타는 더 이상 글을 올리지...)

 난김 예쁜 사랑하시라고 추천!

 I우** 가시는 비행기티켓 제가 협찬해드리겠습니다.

일정 정해지면 010  문자 하나 주세요 ^^

감기 조심하시고 재밌게 여행하세요. 연락주세요 ^^

 FreeStyle*** 돌아가시는 티켓은 이미 예매하셨어요.

 도로**

늦었다.

뒤늦게 도착한 또 다른 추적자가 댓글을 남겼다.

서로 연락할 방법이 없어 댓글을 통해 찾거나 만나야 하다 보니

이렇게 길이 엇갈리는 경우가 종종 있었다.

신용1등*   5일장으로 고고~~~

너섬징*   위추, 다음 스테이지로!

언니지친*

추적자 8님이랑 5일장 도착 완료!
아바타님과 추적자 5님은 아바타님이 씻고 나오시면
합류할 예정입니다ㅋ

고농고*   둘이 뭐야 뭐야. 나 촉 되게 좋아~~

잡*   우왕^^ 5일장.
막걸리에 전 드시나요?!

🏃 **매력가***

딸깍. 문이 잠긴다.

고요한 잠깐의 정적은 꼴깍
내 침 넘기는 소리조차 거대하게 만든다.

수건이 필요할 텐데
수건을 주고 싶은데.. 후훗

덜컥
그때 문이 열리고 아바타와 나는 아이컨택이 되었다.

(카메라 앵글은 자연스레 분홍색 침대로♥)

 Moji***   암만 봐도 보라색인데..

 고농고*   정말 매력가득이시네ㅋㅋㅋㅋㅋㅋ

요요요* ** 여기서 오일장 멀지도 않은데 다녀와볼까...

일곱시수* 제주도......숙소.......신라호텔......중문........가깝다........(갈등)

스벅엔유*

곧 있을 오일장 풍경

옥상별* 찾았다, 오렌지바지 아바타쌍.

배드맨 머리를 감았더니 에너지가 증가했다.

이슬환* 오옷~ 에너지 빠워

👤 **추천남***

예~~~~~~~~~~신나게 5일장으로 출발!!!!

👤 **넌어딜보***

선택지를 내놓아라~ 아바타여!

👤 **소방관의****

안녕하세요. 미래의 소방관을 꿈꾸는 청년입니다. 늘 눈팅만 하다가 갑작스레 가입을 하게 되었습니다.
어제 우연히 보다가 감동을 받고 오전 공부 접고 지금까지 정주행 중입니다. 저도 여행을 좋아하는지라 20대 때 걸어서 전국일주 두 번에 내일로 여행 두 번을 다녀왔는데 아바타 여행기를 보면서 가슴속에 무언가 끓어오르는 느낌을 받고 이렇게 글을 씁니다.
여긴 대구인데 배드맨님께서 혹시나 그럴 일은 없으시겠지만 혹시 대구로 오신다면 제가 김포까지 동행해드린 후 바통을 이어받아 아바타 시즌 2 시작하겠습니다. 공부만 하는 공시생이라 기본 요금(12,000원) 쓰는 스마트폰인데 가게 된다면 에그부터 구입하려고 합니다.
비 오는 쌀쌀한 날씨 감기 조심하시고 부디 무사히 여정을 마치시기 바랍니다.

👤 **aileen****

꼭 이루시길 바래요~~!!

👤 **하리마***

우리 딸한테 아바타 검색해봐 그랬더니......
30분째 화장실에 앉아서 안 나온다....너...치질 걸려...
바테리 ..나가...

PM 12:51:50

JEJU TRADITIONAL
5-DAY MARKET

친절

5일장에 도착했다

1. 갈아입을 속옷을 산다
2. 먹는 데 집중한다

우타카*   111111111

내일까지 있어야 했기에 속옷을 구매하고 싶었다.

추천남*   속옷도 선택지줘요ㅋㅋㅋㅋㅋㅋㅋㅋㅋㅋㅋㅋㅋㅋㅋㅋㅋㅋㅋㅋ

물론 그렇게 할 생각.

🏃 매력가*

물럿거라!!! 물럿거라아아아 빨간 봐지 행좌시다
물럿거라 흑흑 물럿거라

🗨️ 👤💬 박력탬태*　　ㅋㅋㅋㅋㅋㅋㅋㅋ

🗨️ 👤💬 탁구왕김**　　빨간 당근 바지는 이제 곧 유행이 될지니

👤💬 우타카*　　아바타 : ...찰칵...톡톡...1번..2번..
　　　　　　　추적자 : 힐끗..찰칵
　　　　　　　속옷가게 사장님 : .....?????????????

PM 1:02:39

1~12

NiGhTH***   5

doubl**   선착순이니 5번으로 당첨이군요. 아쉽다.
호피호피를 원했는데ㅋㅋㅋㅋㅋㅋㅋㅋㅋㅋㅋㅋㅋㅋ

NiGhTH***   아바타님ㅠㅠ 저 맨 위에 5번 누른 사람인데요...
잘못 눌렀어요.
10번으로 바꿀게요ㅠㅠㅠㅠㅠ

미꾸라* 호피 입히려고 했는데
다들 평범한 팬티를 고르실 줄이야.... ㅠ

김* 다들 입힐 생각을 할 줄이야..

까칠한까**  아바타님 글 처음 작성하실
때부터 실시간으로 구경해서
잠을 못 자 피곤하네요 ㄷㄷ
일단 전 비행기 탑승 완료!
배터리를 아끼기 위해 폰 비행
기 모드 후 자려고 합니다.
추적에 성공할 수 있기를..

이슬환* 멋지다~!!! 최장거리 추적자다~~!!

Mark* 투숙객명 실명으로 변경했습니다. 아무쪼록 편히 쉬고
나오셔서 즐거운 여행 즐겨주십시오~^^ 전 아바타 덕분에
넘 즐겁습니다. 일이 있어 이젠 실시간 못 따라가니...ㅠㅠ
나중에 따라잡겠습니다!!!

Hello*** 단지 보는 사람일 뿐인데 제가 막 감사하고 그르네요
♥ 적은 액수가 아닌데.. 아직 세상이 따뜻합니다.
행복하세요!!!

🏃 **매력가***

하악항가 아바타쨩
신라호테르 부농부농 잠옷 어때대츄~♥ chu~★

👤 **이슬환***
거..거기 하트는 뭐야 ~~~ ㅋㅋㅋㅋㅋㅋㅋㅋㅋㅋㅋ

👤 **느로우***
이 사람 이상훼 이상이상이상이상이상

👤 **푸르츠***
아, 이분ㅋㅋㅋ 중계 너무 웃겨요ㅋㅋㅋ
아바타찡만 여행하는 것도 재미있지만
다른 추적자 유저분들도 넘 좋아요ㅎ
여행하면서 사람 만나는 재미가 또 재미인데!!
만족만족 ㅎㅎ

악* 이분 호텔방 같이 쓰실 기세....

름시름* 아바타 도망쳐!!!!!

배드맨 속옷을 획득했다.

눈팅9* 으아 ㅋㅋㅋㅋㅋㅋㅋㅋㅋㅋ 청결도 증가~

*녀 예림이 패봐바 호피여?

배드맨 5일장에서 무엇을 해야 하는가
1. 호떡   2. 떡볶이

악* 2222

요요요*** 5일장 왔는데 찾을 수가 없당ㅜㅠ
아바타 응답하라ㅠㅠ

배드맨

군침이 돈다.

 움비처*

맛있어 보여요. 츄릅

 뱅갈로장**

눈팅하는 오유징어
아무나 이거 드세요.

적자인*

순례자들끼리 나눔엔 ㅊㅊ

DR*

추적자 7, 8은 대체..?

 Comi**

추적자 7, 8이 보이지 않는다.
의심스럽다.

PM 1:11:29

추적자 5, 7, 8 모두 만났다

먼저 5일장에 와 있던 추적자 7, 8과 만나 분식집을 갔다.

비밀*   오오오오

딱뜨바*   추적자 9가 근처에 계신 것 같았는데요...

지연아*   와이프랑 같이 웃으면서 보고 있습니다 ㅋ

넌어딜보*   제주도 떡볶이 먹고 싶다~~

PM 1:19:58

추적자9가 오일장에
도착했다.

튀김을 투입한다

추적자 9가 오일장에 도착했다

튀김을 투입한다

맛있게 떡볶이를 먹는데 마치 아는 사이인 양 주변을 서성이는 한 사람.

추적자 9였다.

대학생이라는 추적자 9는

기타레슨 수업을 가기 전에 잠시 들렀다고 했다.

서로 간단히 인사를 한 후 떡볶이와 튀김을 먹었다.

 옥상별*　　　대박ㅋㅋ 진짜 이제는 아바타가 아니라
　　　　　　　　　피리 부는 사나이야ㅋ

잘될꺼에*  집에 이 바지가 있던데 이거 입으면 아바타 되는 건가요?
ㄷㄷㄷㄷㄷㄷ

코헨자* 입고 무안부터 일단 가시면 됩니다.

하이*  현재 상황

파란아*  오늘 가입한 뉴비 점심 포기하고 뛰어가서 사왔습니다 ㅠ

탈퇴한회** 이거 수능 끝나서 다행이지
수능 전에 아바타 여행했으면
전국에 눈물바다 났을 듯합니다
ㅋㅋㅋㅋㅋㅋㅋㅋㅋㅋㅋ

 요요요***

튀김이
맛있어요.

내몸에한** 하...만나서 얼마나 뻘쭘들 하실까 ㅋㅋㅋㅋㅋㅋㅋㅋㅋㅋ
상상이 된다ㅋㅋㅋㅋㅋ

chen* 아바타 : 아...안녕하세요..그.. 추..추적자 9번님
추적자 9번 : 아..아하하하 안녕하세요

배드맨  1 2 3 4

추적자들이 직접 골라준 목록으로 양말 선택지를 만들었다.

추적자들은 특히 눈에 띄는 3번이 선택되길 기대했다.

라* 3333

ㅇㅇ난*

당근바지
아바타의 모험

멜로디쇼* 으앙 귀여워. 팬아트 등판이라니.. 금손님... 하악

언니지친* 제가 4번 추천드리고 빠졌습니다ㅋㅋ
아바타님 즐거운 여행 되세욥!!

젊은호* 언니 드디어 지치신 듯.ㅎㅎ

옥상별* 너무해ㅠ 바지는 오렌진데 양말이 핑크야ㅠ 패션갤러분들
은 아무도 없어요? 정말 이러고도 패갤러예요???? 너무하
네 진짜ㅋㅋㅋㅋㅋㅋㅋㅋㅋㅋㅋ 나쁜 사람들ㅠㅠㅠ

엄마손분* 미래의 내 딸에게
안녕? 사랑하는 내 딸. 아빠는 지금 역사의 현장에
와 있단다! 일단 엄마 찾으면 다시 편지 쓸게.

난닝구* 전하지 못한 편지

계*

안녕하세요 ~ 포탈 타고 정주행하고 있는, 작은 치킨집을 운영하고 있는 제주도 도민입니다~ 오늘 혹시 제주 시내 쪽에서 주무시기로 하셨다면 추적자분들과 배드맨님에게 뒤풀이 치킨을 제공하고 싶어요^^ 술까지는 제공 못하지만(아내한테 죽게 맞습니다 ㅠ) 치킨과 안주는 넉넉하게 만족할 정도로 대접해드리고 싶습니다~
낮에는 여행사에서 일을 하고 있는데ㅋㅋ 간만에 재미있는 눈팅을 하고 있습니다ㅋㅋ 가능하시면 답변해주세요 ~

bispori****

아.... 영화지만 트루먼쇼에서 그 쇼에 열광하는 사람들의 기분을 내가 잘 알겠다.

코헨자*

주변 사람들에게 전파 중ㅋㅋㅋ 사무실에 다들 휠 굴리는 소리만 나는 중입니다ㅋㅋㅋ

슬슬 추적자 번호가 헷갈리고

누가 더 오고 있는지도 헤아릴 수 없었다.

어찌 되었든 합류한 추적자가 많아

일단 근처 카페로 이동하여 대화를 나누기로 했다.

미녀 추적자 7은 약속이 있다며 아쉬움을 뒤로하고 떠나고

카페에 모인 인원은 아바타(나), 추적자 5, 추적자 8, 추적자 9 이렇게 남자 4명.

남자들만 모여서 그런지 어느 순간 게임 이야기(롤)에 빠져들었다.

1 ~ 18

덕질하고** 2222222222222222222

에스프레소 콘파냐?

한 번도 먹어본 적 없는 메뉴에 당황…

모모*

탐라댁 간식 전달하러
추격 준비 중.
추격해야 되는데
저기가 어디죠?....

PM 2:03:46

... 먹는다.

맛있게

... 먹는다

맛있게

컴*   원샷

행인1*   숟가락으로 위에 먼저 떠먹고 마시는 거 아시죠?

황승*   크림을 입술에 묻히고 추적자 5를 바라본다.

신용1등*   남자들은 이런 거 먹을 때 꼭 입술에 묻히더라~~~

👤 **여보사랑*** 어느덧 직장생활 10년 차. 매일 아침 6시 피곤한 몸을 이끌고 주말 상관없이 출근하면서 인사고과에 마음 졸이며 부장님 술자리에 끌려가는 무기력한 생활에서, 나와 전혀 상관없는 이 여행을 따라가다 보니 왠지 모를 미소와 함께 오랜 시간 동안 잊었던 열정이 솟아오르는 것을 느끼네요.
비록 글쓴이에게는 이 여행이 어떤 의미일지 모르겠지만 누군가에게는 삶을 되돌아보게 하는 기회가 되어 고맙다는 인사를 드리고 싶습니다. 남은 여행 몸 관리 잘 하시면서 새로운 인연들과 즐겁게 마무리하시길 바랄게요.
언젠가 시작할지 모르는 중년 아저씨의 아바타 여행을 기대해주세요. (이렇게 질러놔야 저도 실행할 명분이 생기겠죠?^^)

↪ 👤 **내몸에한**** 힘내세요.

👤 **천사루시*** 이 여정을 보면서 눈물이 나는 건 나뿐일까...
지나온 인생에 회의가 찾아오니
난 절대 제대로 살지 못했음을 느낀다...

👤 **추천남*** 으하하 사장아 미안하다~ 나 오늘 일 못하겠엉~~~ㅋㅋㅋ
낼부터 다시 잘할게ㅋㅋㅋㅋㅋㅋㅋㅋㅋㅋㅋㅋㅋ

🏃 **피파하*** 아바타 찾으러 제주시 5일장으로 출발합니다.
도착 예정시각 5분 후...

재미나* 　　추적자 한 열댓 명 붙어서 풋살 같은 거 하면 골때리겠네
　　　　　　ㅋㅋㅋㅋㅋㅋㅋㅋㅋㅋㅋㅋㅋㅋㅋㅋ

추적자분들이 어렵게 용기 내서 와주었는데 그냥 돌아가게 하는 것도

예의가 아닌 것 같아 현재 카페 위치를 알렸다.

배드맨 　　남녕고 옆 커피생각할때에서 커피를 마시고 있다.
　　　　　1. 남은 거 원샷
　　　　　2. 쓰니까 천천히

대한민국** 　　111111111111111111

배드맨

원샷

잡* 　　앗뜨거 ㅋㅋㅋ

길가는남** 2015년 11월 17일 출근 중인 나에게
언젠가 아들이 이 레전드를 보겠지.
그땐 둘째도 튼튼하게 자라고 있으면 좋겠다.
삶에 보람찬
여태 일한 게 후회되지 않는 하루하루가 되었길
사랑한다. 우리 힘내자.

잡* 작은 움직임이 큰 변화를 불러온다고 믿습니다.
게시판에서 서로서로 힐링받고 계시지 않나요?!

모모* 으악 5일장 왔는데 남녕고 옆 커피생각할때라고요??
출발합니다.

까칠한까**  제주도 도착!!
생각보다 날씨가 덥네요.
붕붕이 렌트해서
서귀포로 출발.

매력가* 헐 픽업 갈 건데 뿌이~♥

피파하* 5일장인데 당근바지가 안 보인다.

 테일러푸*   아바타 : 남녕고 옆 커피생각할때에서
커피를 마시고 있다.

 모모*    주차 완료. 주차하느라
10분 동안 헤맴
지금부터 아바타에게
간식을 전달하겠음.

이슬환*    아바타 뒤에!!
뒤에 스토커가 있다!!

덕질하고**   헐ㅋㅋㅋㅋㅋㅋ 본격 아바타 스토킹 게임ㅋㅋㅋㅋㅋ

마1242**   저기까지 가서 말 한마디 안 걸고
뒤에서 지켜만 보는 게ㅋㅋ

스토커!

누군가 모습을 드러내지 않고 사진을 찍어 올린다는 댓글을 확인하고

잠시 주변을 둘러봤지만 누구인지 확인할 수 없었다.

순*

 시부*  후후훗

↪ 🔊 여울* 걸리시지 마시길ㅋㅋㅋㅋ

↩ 🔊 빨간녀* 본격 스릴러화

잠시 후 남자 넷이 모여 있는 카페에

괭장한 미인 한 분이 다가와서 다들 놀랐다!

자칭 탐라댁인 모모* 추적자 10이었다.

🏠 배드맨  추적자 10이 도착했다....
ㄷㄷㄷㄷㄷㄷㄷ

↩ 🔊 마1242** 헐 발목만 보고 심쿵......... 미인 추적자ㄷㄷㄷㄷㄷ

배드맨

추적자 11이 도착했다.

 아직기억**

ㅋㅋㅋㅋㅋㅋㅋㅋ11이라니

🏃 모모*

바쁜 추적자 10
간식 전달 후 빠른
퇴장 ㅌㅌㅌㅌ
맛나게 드세요!!!!

라디오맛**

아.. 쿨내 나네요. 수고하셨습니다! ㅋㅋ

 까칠한까**

아...아직 5일장이시군요.
지금 폰 배터리가 간당간당
해서 이것 참 고민되네요.
그렇다면 서귀포에 숙소를
잡고 폰에 밥 준 뒤 방심하
실 때 아바타님을 암살..아니
계속 추적하겠습니다.

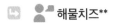 해물치즈** 암..... 뭐요?! ㅋㅋㅋㅋㅋ

 毛**

 잡는다.

 피파하*

추적자 11이다.
14억짜리 계약을 해야 해서
급하게 사무실로 복귀했다.
뭐라도 하나 주고 싶었으나
가지고 간 건 전동 킥보드
뿐이었다...
그걸 줄 순 없었다...ㅠㅠ

집사놈팽*

추적자11이 도착했다.

어디서 많이 본 신발이다
했는데.. 내가 얼마 전에
직구로 구입한 95 나이키
맥스 ;; 방금 전화 와서
남편 왈... "여보 당근바지
아바타 지금 내 앞에
있어...." 업무 중에 일은 안
하고 추적자 놀이양?

가민열* ㅋㅋㅋㅋㅋㅋㅋ 와아 ㅋㅋㅋㅋ 대박. 부부가 같이 ㅋㅋ

다른차* 추적자에게 스나이퍼가 붙었다!

안돼돌아* 여기가 바로 피리 부는 사나이 현실판인가요?

카페에서 충분히 휴식을 취한 후

잠시 시간을 보내기 위해 추적자들과 PC방을 가기로 했다.

네티즌들은 제주도까지 와서 PC방에 가냐며 이해가 안 된다고 했다.

하지만 나와 세 명의 추적자의 공통 관심사 중 하나가 게임이었다.

그래서 1시간 정도만 함께 게임을 하기로 했다.

그 후에는 저녁쯤 비행기를 타고 오는 다른 추적자들을 만나기로 했다.

매력가* 제주 와서 롤이 나니가 와루이요?
다음 내리시는 비행추적자님 기다리는 시간이 애매해서
딱 한 판만 하러 왔어양~
따악 한 판요 ㅇㅇ 딱 한 판

(2일 후)
어?

아바타는 4인큐(롤)를 하러

피시방을 간다

🔲 😊 **빨간녀***   롤잼 ㅋㅋㅋ

🔲 😊 **가민열***   남자 넷이 모이면 원래 이런 건가요. 악ㅋㅋㅋㅋㅋㅋ

🔲 😊 **레알긴축****   제주까지 가서 롤 ㅋㅋㅋㅋㅋ

🔲 😊 **시크한호***   롤이라니... 선택지를 내놔라...!!!! 제주도까지 가서
                      롤이라니... 맘 편하게 볼려고 입사 1일 만에 회사 관뒀
                      단 말이다..!!! 움직여주세요...ㅠㅠ

毛**

뭐지, 추격 실패다.
한발 늦었다ㅠ
땡땡이치고 날아왔는데ㅠ
딸기 스무디나 한잔 하고
가야겠다. 난 널 기필코
찾을 것이다.
찾아서 널 응원할 테다 ㅎ

 매력가*

지금 모시러 갑니다. 아.바.타. 대필.

배드맨

추적자 12를 찾았다!

추적자12를 찾았다!

한발 늦게 카페에 도착한 추적자 12를 만나러 잠시 PC방에서 나왔다.

추적자 12는 바로 옆에 있는 건물에서 일을 하던 중이었다며

반갑게 맞아주었다.

잠시 후 바쁜 일이 있어 추적자 12는 떠나고, 다시 PC방으로.

난김

그렇게 작성자는 부천에서 제주도로
롤을 하러 갔다고 한다.

우타카*

스토커의 마지막 사진.JPG

happyye** ㅋㅋㅋㅋ 포즈 잡고 있어......

까칠한까**  저는 방금 예약해둔
숙소 입실 완료!!
좀 쉬다가 아바타님
스토킹하러 갑니다.

비공감합** 우와... 이거 보니까 제주도 가고 싶다.....

유입된추격* 추격을 하려는데 아바타의 위치를 알 수 없어
추격에 어려움을 겪고 있습니다.
위치 브리핑 바람.

파란아* 남녕고 근처 피시방 아닌가요?

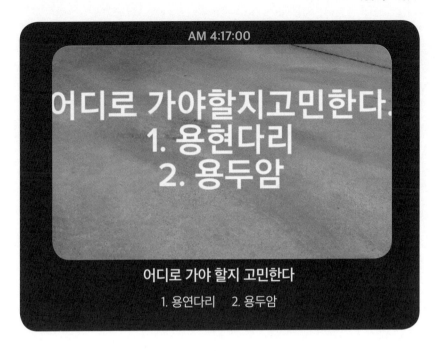

AM 4:17:00

어디로 가야 할지 고민한다

1. 용연다리   2. 용두암

PC방에서 게임 한 판을 끝내고 나와

앞으로 오게 될 추적자들에 대해 이야기했다.

집계하기 어려운 추적자들. 인원이 굉장히 많아질 것으로 예상되었다.

잠시 근처를 둘러본 후 다음 추적자들을 맞이하기로 했다.

 장구*   11111111

 시부*   아바타님 용연다리 옆이 용두암이라 둘 다 볼 수 있어요.

언니지친*   저 다시 추격해도 되나요 ㅋㅋㅋㅋ

🧑‍🤝‍🧑 손맹*   마지막 치킨집 사장님 한 20명에게 쏘실 수도 ㅋ
긴장하셔야 할 듯.

🔳 배드맨

용연다리 도착

용연다리에 도착하니 새로운 추적자 분이 등장했다.

플레이케이팝 직원이라는 추적자에게 명함을 건네받았다.

플레이케이팝에 대해 간단히 소개하자면

스타들의 홀로그램 영상을 볼 수 있고

스타들과 데이트를 즐기는 체험형 박물관이라고 한다.

꼭 놀러오라고 간곡하게 부탁을 해서 거절할 수 없었다.

마감 이후에 특별 개방으로 무료체험을 하기로 했다.

용연다리에서 잠시 바람을 쐬고

다시 선택지.

PM 4:55:27

바로바로 이동한다

1. 용두암
2. 탑동

위대한밥** 222222222

바로 탑동으로 이동. 그곳에서 새로운 추적자를 만났다.

알고 보니 용연다리에서 만난 플레이케이팝 추적자와 같은 회사 직원이었다.

배드맨

새로운 추적자가 또 도착했다

새로운 추적자가
또 도착했다.

🏃 **매력가***

여징어 등장하면 분위기가 좋아
하아 그리운 남ㅋ탕ㅋ♥♥

🔁 👤**옆집아는****　　추적자 중에 이분이 가장 위험해ㅋㅋㅋㅋ

🏠 배드맨

🔁 👤**위대한밥****　　<u>오오오오</u>

국정화반*   아니 왜 오오오오오 하는데ㅋㅋ 모르고 하지 마ㅋㅋ

shock***   탑동광장인가 보네요 ㅎㅎ

피*   따...따라잡았다.. 점심 먹고 시작해서 퇴근 시간이 되어간다... 과...과장이 이러면 안 되는데.;;

성기산대*   여기 과장 한 명 추가요 ㅋㅋㅋ

국정화반*   저...저도 과장;;

난구*   어 나도.. 과장인데....

숲지*   과장 하나 추가요~ +_+

꼬꼬마아*   과장.받고 하나 더 추가요.

비설당*   여기가 과장 정모 장소 맞나요?

할리퀸쥬**   일 안 하고 이거 보다가 과장님한테 걸렸는데 ㅋㅋ 아바타 좌표를 알려드린 후 2시간째 과장님하고 대화가 단절됨..

해물치즈** ㅋㅋㅋㅋㅋㅋㅋㅋ 과장님들 일하세요!!!ㅋㅋㅋㅋ

꾸러기아** 전 어차피 일도 없고 직원들에게 좌표 뿌렸습니다.
고요하군요...

꾸러기아** 전 부장님한테 뿌렸습니다.
담배 피우러 갈 때 대화가 사라졌어요...

wj80** 오늘 허락받았습니다. 회사에서 하루 종일 눈팅하다가
그냥 대놓고 협의했네요.... 내일 배드맨님 부천으로
돌아오시면 배드맨 포함 추적자 10분까지 깨끗하게 씻고
피곤 푸시라고...
부천 웅진플레이도시에서 스파 이용할 수 있게 무료 입장
도와드립니다. 부천에서 합류하는 추적자님들은 수영복
챙겨오세요.
배드맨님 최종 컨펌해주시면 대기합니다.

갈등론* 헐! 멋쟁이!!

추적자들과 탑동의 놀이동산으로 이동했다.

평일이라 놀이기구를 타려는 사람이 거의 없었다.

하필이면 거기에 바이킹이 있어

정말 타기 싫었지만 분위기에 휩쓸려 버렸다.

PM 5:21:04

1. 타지 않는다

👤 **KMK*** 2번 저만 안 보이나요?

👤 **김별♡송하윤*** (드라마 불새 중 에릭) 타는 냄새 안 나요??

🔳 **배드맨** 바이킹 타고 실신함.

👤 **애니매니**** ㅋㅋㅋ

바이킹 제일 끝 자리에 앉았다.

놀이기구를 잘 못 타서 걱정했는데

바이킹을 운용하는 분이 너무 오랫동안 내려주지 않아 조금 힘들었다.

추적자 5는 제주공항에 도착 예정인 추적자들을 픽업하러 갔다.

 매력가*

남자를 기다리는 건
즐거워♥

무명배우에서 유명배우가 되고 싶다고 글을 올린 배우 강성훈 님(헬로알*).

그 글이 '베스트'에 오르면 아바타를 추적하겠다고 약속했다가

진짜 추적자가 되어 제주공항에 도착하고

 헬로알*

도착

그사이 근처에 있던 다른 추적자들도 합류했다.

PAR* 탑동에선 주차를 어디에 해야 하나 ㅎ

꽃유부징* 새로운 추적자인가요!!

유입된추** 딱 15분 내로 갑니다. 기다리세요 당근바지.

사진찍는** 추적자가 점점 늘고 있네요!!ㅋㅋㅋㅋㅋ

(곰)겨울* 제주도에서 근무하는 직장인 오유징어들의 퇴근시간이 점점 다가올수록 아바타의 피리소리는 점점 강해지고 있다.

1주지육** 6시 퇴근!!! 어디 계시는 건가요... 전 제주시 연동!!!!!

꽃잎이핥* 우리나라에 니암리슨이 왜 이리 많아ㅋㅋㅋㅋㅋㅋㅋㅋㅋ

달곰아* 리암니슨ㅋㅋㅋㅋㅋㅋㅋㅋㅋㅋㅋㅋㅋㅋㅋㅋㅋ

랄라* 우리 모두 함께 하루를 보냈군요 ㅋ

기_* 우앙 이 말 굉장히 멋지다..... ㅠㅠㅠㅠㅠ

아아메그**

손재주가 없어서 그냥 끄적끄적 ㅋㅋ
다들 빨간바지에 현혹되어 몰려다니는 중 ㅋㅋㅋ

 난구*

귀엽~~~~~~~!!!!!!!!!!

배드맨

놀이기구는 더 이상
탈 수 없다.
바다를 바라본다.

 앞집형*

밤바다!!!!!

배드맨

또 다른 추적자 도착.
더 이상 늘어나면
감당이 안 된다.

 앗싸리*　　　누가 정리 좀 ㅋㅋㅋ 몇 명인 건가요;;ㅋㅋㅋ

피파하*　　　추적자 11 : 아바타 지금 어딘가요? 퇴근하고 와이프
　　　　　　데려가서 레전설을 만나보게 해야 할 듯싶은데 ㅋㅋㅋㅋ

PAR*　　　지금 아바타 포함 6명.!

양젬*　　　엄청나네요...
　　　　　　　　　　　　　　　　　　　　6시 25분
　　　　　　　　　　　　　　　　　　　　비행기 탔습니다.

집에서는**　　저 퇴근했어요. 어디로 가면 될까요ㅋㅋㅋㅋ???
　　　　　　오늘 모든 일정 캔슬입니다 ㅎㅎㅎ

배드맨　　　다 같이 중문으로 이동한다.

추천남*　　　<u>고고고고고</u>

dagd**　　　중문? 완전 제주도를 가로질러 가야겠네요. ^^
　　　　　　차로 가도 한 한 시간 정도 걸릴 텐데..

계*

치킨집 사장입니다 ㅋㅋㅋ 당황 안 하고 있으니 ㅋㅋ
오실 거면 말씀만 부탁드려요 ㅋㅋㅋ

 KMK*

ㅋㅋㅋㅋㅋㅋㅋㅋㅋㅋㅋ나이스 사장님!!!!!^^b

 계*

중문으로 가버리시네요 ㅜ 이럼 안 되는데 ㅜ

 너굴데*

즐거운 구경 시켜주셔서 저도 하나 놓고 갑니다:D
능력이 부족해 바탕은 빼고 아바타님만 칠해드렸어요ㅠㅠ

 다미담*

금손이다! 금손이 나타났다!

 언니지친*

서귀포에서 추격하실 분들은 저희 중문까지
30~40분 정도 걸릴 것 같으니 시간 맞춰서
나와주세요 :) 제주도로 비행기 타고 오시는 분들은
중문까지 오셔야 합니다 ㅜㅜ
궁금하신 부분 있으시면 댓글 달아주세요!

헬로알*

지쳐 잠들어버리신
아바타님.

오래된* ㅋㅋㅋㅋ 반갑습니다 유명배우님.

어음* 이거 완전 아바타 효도여행 같잖아ㅋㅋㅋㅋㅋㅋㅋㅋ

항상감사** 핸드폰을 놓지 않는 프로페셔널!

라스티* 제주시에서 넘어갑니다. 당근바지 찾아내겠습니다.

뽕따라* 추적자가 너무 많아져서 염려스러웠는데 오히려 아바타
님께서 푹 쉴 수 있게 되었네요 ㅠㅠ
모두들 안전하고 즐거운 여행 되셨으면...!

유치원** 비록 지금 월급루팡이긴 하지만...ㅋㅋㅋ
저렇게 시작할수 있는 용기가 참 대단하시고.. 뭔가..
항상 도전이 두려웠던 저를 되돌아보게 하신 배드맨님!!!
저도 용기를 얻고 갑니당.. 어느새 퇴근시간 ㅎㄷㄷ

👤 넌누구* 여행 갈 때 어디 갈지 몇 시에 움직일지 계획 완벽하게
짜고 거기에 완벽하게 맞춰서 다니면 여행 끝나는 날엔
뭔가 뿌듯하고 해냈다 생각이 들어서 그렇게만 여행 다녔
는데 이렇게 여유롭게 자유롭게 한가하게 다니는 것도
정말 좋을 거 같네요.. 다음엔 꼭 이렇게 여행해봐야겠습니
다. 왠지 더 많은 것을 볼 수 있을 거 같네요.

👤 멍* 위암 초기로 투병 중인데 지친 몸과 마음에 힐링되네요.
너무 힘들어서 하루 종일 누워 있고 싶었는데 배드맨님
글 보고 밥이랑 약 챙겨 먹고 운동도 하고 왔어요.
정말 감사합니다. 잠시나마 고통을 잊게 해주셔서. . .
정말 감사해요!

👤 초천재* 눈팅만 하다가 댓글 처음 써봄. 성지에 오면 소원을 비는
거라고 해서..^^ 유산 경험 한 번 있는데ㅠ
이번 주 금요일에 아기집 잘 자라나 확인하는 날인데
제발 잘 자라 있길..^^ 아내도 건강하고 맘 아프지 않길!
아이 셋 낳아서 우리나라에 보탬이 되길!ㅋ

여행을 할 당시에는 이런 댓글들을 하나하나 확인하기가 어려웠다.

나의 여행이 누군가에게 작은 위로가 될 수 있다고 생각하니

나에게도 힘이 되었다.

PM 7:40:52

1. 콘서트를 본다
2. 이상한 벤치를 체험한다

1. 콘서트를 본다
2. 이상한 벤치를 체험한다

플레이케이팝에 도착하니 직원분들이 기다리고 있었다.

다소 늦은 시간에 도착해서 운영시간은 이미 지났지만

대표의 권한으로 체험할 수 있도록 오픈해주었다.

연예인과 사진 찍을 수 있는 가상 포토존과

홀로그램 공연 프로그램 등이 실제처럼 생동감 넘쳐 재미있었다.

클레라니*　　　2

배드맨　　　이상한 벤치는 초아가 내 무릎에 누워 있는다고 한다?????

 **괴영감오비*** 아바타가 아바타랑 데이트라니 ㄷㄷㄷㄷㄷ

배드맨  홀로그램 공연을 본다.
1. 빅뱅
2. 싸이
3. 레인보우

 **아몰레티*** 2

배드맨 싸이를 본다.

siri01** 안녕하세요. 현재 아바타님과 여럿 추적자님들이 머무르고 계신 플레이케이팝(PLAY KPOP) 대표이사입니다. 저희 직원이 오늘 추적자로 따라나서며 여기까지 오시게 된 것 같은데 저희 박물관까지 친히 행차해주셔서 감사합니다. 현재 서귀포에서도 몇 분의 추적자님들이 오시는 것 같은데, 괜찮으시다면 어제 새벽부터 노고가 많으신 아바타님과 여러 추적자님들께 저녁식사를 대접하고 싶습니다.

1. 회를 먹는다   2. 흑돼지를 먹는다

선택은 아바타님이 해주시면 계산은 저희 직원이 하도록 해두겠습니다. 아바타님 화이팅!

치즈피* ㄷㄷ???

쩡수* 이제 대표님까지 등장 ㅋㅋ

바트오징* 111

텍스* 이 게시글 뭐하는 중인가요??????????

아몰레티* 역사를 쓰는 중입니다 ㅋㅁㅋ

정주행완* 이렇게 배드맨의 세계일주 무전여행이 시작되었다...

환장하겄* 진짜 이대로 되면 쩔긴 쩔겠다.................
부천시에 거주 중이던 흔한 취준생이 5대양 6대륙으
로 종횡무진하며 50여 년간 실시간 여행;;;;;;;;;;

배드맨

홀로그램이
진짜 같다.

👥 **공부해야****   직원이 쏠 수 있게 해준다는 말은 대표님께서 내주신다는 말인가요? 아니면 직원이 쏠 수 있게 격려해준다는 말인가요?

↩️ 👥 **까베리***   격려ㅋㅋㅋㅋㅋㅋㅋㅋㅋㅋ

↩️ 👥 **siri01****   저는 지금 서울에 있어서 저희 관장님 통해 직원에게 카드 전달했습니다~

플레이케이팝 대표이사님의 배려로

싸이 홀로그램을 본 후 근처 횟집으로 다 같이 이동했다.

🏃 **라스티***      미행 중

↩️ 👥 **공부해야****   같이 들어가서 드세요 ㅋㅋ

↩️ 👥 **듀뤼뭉***   가서 따로 앉아서 먹는다.

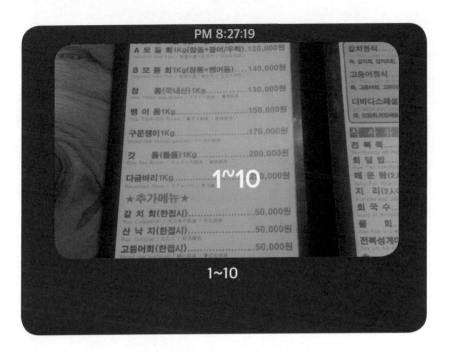

미꾸라*   8

오랜만에 선택지를 올렸다.

추가 메뉴인 갈치회가 선택되어 다시.

배드맨   1~7 다시.

아몰레티*   7

아몰레티*   여러분 제가 이뤄냈습니다.

sean**   케팝스타 사장님
"아차 다금바리가 메뉴에 있을 줄이야..." ㅋ

배드맨   다금바리는 아무래도 무리인 듯하다.

공부해야**   그래도 말해본다.

라면은3*   다금바리 뭔지 몰라서 찾아봄.

[네이버 지식백과] 다금바리 (쿡쿡TV)
국내에서는 주로 제주도에서 나오는 귀한 생선으로 가격이
비싼 생선 중 하나입니다. 그러나 그만큼의 맛으로 즐거움
을 선사하는 생선입니다. 제주도의 특산물 다금바리를 소
개합니다.

또롱랑*   아침부터 실시간으로 보고 있는데 포레스트 검프
생각나네요. 그냥 달리는 이와 함께 달리던 사람들.
아, 요즘 정말 우울해서 힘들고 지쳤었는데
사람과 사람이 만나는 게 아 이런 거였지 하고
느끼고 가요.
감사합니다. 다들 오늘은 즐겨요 즐겨.

post7**   50대 어머입니다. 하루 종일 즐겁게 보다가
가입도 했어요. 화이링!!!

환장하겄*   어머! 어서오세요!

공부해야**   처음 한 끼는 생수 한 병과 편의점 김밥 한 줄이었는데
이제는 단체로 회를. 대단하다 ㅋㅋ

2wool***   다시 한번 20대로 돌아가는 기분이네요~
남은 여행도 기분 좋은 발걸음 되시기를~~ 화이팅!!!

다금바리를 주문하기에는 조금 부담스러울 것 같아

다른 메뉴를 주문하려 했으나

플레이케이팝 대표이사님이 괜찮다고 하여 다금바리를 주문했다.

배드맨   다금바리는 조금만 시키도록 한다.

Kalb*   그래도 다금바리!!

사파이어**   캬... 죅이네여~!

PM 8:46:20

먹는다

📤 👤 랄라*   많이 드세요~~~

📥 👤 우유가아**   크으 모르는 사람들과 술자리 재밌겠다!

🏠 배드맨      냠냠.

PM 9:18:23

다금바리를 먹는다

으리*   헉헉 회덕후는 웁니다 ㅠㅠ

야동은일*   다금바리가 저렇게 생겼군요.
맛있게 드세요~ 대표님 만세~

집중하*   대표님.... 다금바리를 열 몇 명이서 드실 줄은
모르셨겠죠 ㅋㅋㅋㅋㅋㅋ

체크넘*   와 군침 도네요. 슈룹

다금바리를 먹으며 추적자들과 이야기꽃을 피웠다.

횟집에서도 새로운 추적자들이 계속해서 도착했다.

이때부터는 새로 등장하는 추적자가 몇 번째인지 얼마나 왔는지도 잘 모르고

오면 인사하고 같이 먹었다.

그리고

슬픈일요**(엔터스님) 님이 친구와 같이 도착했다.

그 친구분이 엔터스님을 따라 제주도까지 온 배경은 이러하다.

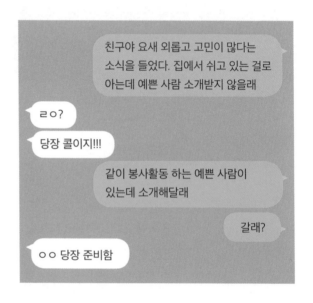

낚시의 시작은 이러했다 ㅋㅋㅋㅋㅋㅋㅋㅋㅋㅋㅋㅋㅋㅋ

 와 여자라는 말은 요만큼도 안 했어 ㅇㅁㅇ

친절한달** 헐 근데.. 그 말을 믿고 제주도?까지 쫓아온단 말여요?

코* 제주도인 줄도 모른다고 합니다.
타지에 있다고만 ㅋㅋㅋㅋㅋㅋㅋㅋㅋㅋㅋㅋㅋㅋㅋㅋ

슬픈일요* 친구가 공항으로 가자 하니 왜 공항으로 가냐 묻는다.
1. (선택지를 작성해주세요)

5mn* 공항 직원이야!! 스튜어디스!!스튜어디이스!!!!

라* 2. 소개팅 하기 싫어????

인격자후* 제주도 합숙하는 1박 2일 봉사활동이라고 속인다.

슬픈일요* 승무원이라고 하니 갑자기 내 손을 잡고는
옷 예쁜 거 입고 올걸 하며 자신을 탓한다.

광장의홍* 스님... 맞아죽는 거 아니에요......?

엔터스님이 친구에게 말한 소개팅 상대는 원조아(원조아바타 = 나)

슬픈일요** 　　　　　　　　　　　　　　　　　　　도착.
　　　　　　　　　　　　　　　　　　　　　　1. 두려움
　　　　　　　　　　　　　　　　　　　　　　2. 두려움

소개팅이라고 생각했던 친구는 멍한 표정을 지으며

엔터스님을 밖으로 끌고 나가려고 했다.

그래도 그 둘은 비행기를 처음 타본다며

이왕 온 김에 낚시도 하고 재미있게 놀자고 반 강제적으로 화해를 했다.

2wool*** 　　　설명충 등판! 예전에 저 친구한테 속은 적이 있었는데
　　　　　　　　그때 친구가 엄청 급하다고 위급하다고 해서 달려갔더니
　　　　　　　　화장실에 휴지가 없어서 부른 거였답니다.
　　　　　　　　그래서 그거 복수의 연장선이 이거인데..
　　　　　　　　그 장소가 대구였나 보네요.

친절한달** 　　상황을 정리하자면
　　　　　　　　스님 친구분이 스님한테 장난쳐서 오라고 한 건 대구였고...
　　　　　　　　스님의 장난 스케일은 제주도 -0-

이들을 끝으로 더 이상의 추적자는 오지 않았다.

우리는 민감한 개인사부터 소소한 일상까지 이야기하며 웃고 떠들었다.

셋째날 AM 00:05:24

 Mark* 이제는 급속 충전 타임!!!

추적자들과 헤어지고 Mark*님이 예약해준 신라호텔로 갔다.

제주 도착 후 '컨디션이 좋다'고 사진을 올렸지만 사실 목포에서 제주행

배를 타고 오는 동안 잠자리도 불편하고 배가 흔들려 뜬눈으로 밤을 새웠다.

숙소에 도착 후 반신욕으로 긴장을 풀고

쓰러지듯 바로 잠들었다.

배드맨 잠을 잔다. 모두 함께 다 잔다.

아침사과**   맨날 눈팅만 하다가 참 오랜만에 댓글 쓰네요.

이런 역사의 순간을 함께 하게 되어 정말 영광입니다ㅠㅠ 요즘 너무 힘들고 하루하루가 무료했는데 어젯밤부터 아바타님 글 읽고 많이 자극됐어요...! 아바타님도 추격하시는 분들도 다들 너무 멋있습니다ㅠㅠㅠ

안 그래도 한 달 안에 혼자서 국내 여행해보려고 했는데 기회되면 아바타 여행도 해 보고 싶네요. (아마 겁 많고 돈 없는 저는 못할 듯ㅋㅋ)

성지답게 소원을 빌자면 하루 세끼 꼬박 챙겨먹고 적당히 운동하고 공부도 게을리하지 않아서 내년엔 꼭 취업하고 싶어요. 안 그래도 멸치 주제에 살도 쭉쭉 빠져가고 발목, 허리, 무릎, 어깨 전부 멀쩡한 곳이 없지만... 남들처럼 평범한 생활하는 게 소원이네요.

당장은 무릎연골연화증과 허리!!!! 다음 달에 병원 가면 제발 별 탈 없기를... 통증이 심해지지만... 별 탈 없이 회복했으면...ㅠㅠㅠㅠㅠ 히키코모리 생활은 5년을 향해 달려가고... 주변에 친구, 지인 모두 다 사라지고 연락할 사람 하나 없지만 언젠가는 평범한 20대를 보낼 수 있길 소망해봅니다.

요즘따라 참 많이 외로웠는데 아바타님이랑 같이 여행하는 기분이 들어서 너무 즐거웠어요. 큰 귀감이 되어준 아바타님과 추적자분들 감사드리고 끝까지 즐거운 여행 되길 빌어봅니다!!

     Mark*   아침사과** 님의 인생을 응원하겠습니다.

제 진심이 전해지길 바래봅니다.

루치*

성지에 소원 빌고 갑니다. 루푸스 약 먹으며 투병생활 16년
차입니다 더 이상 아프지 않고 내년 시험 대박 나서 사람답
게 살고 싶습니다. 6년째 아무것도 못하니 우울증이 오네
요. 저와 가족 모두 건강하게 살았으면 저도 인간답게 살았
으면 하는 것이 소원입니다. 모두 굿잠 하세요.

호오잇*

좋은 일 있을 거예요!!!! 힘내세요!

딸기랑생**

주행 완료!ㅋㅋ 저도 성지에 소원 빌게요~~
우리 아가가 얼마전에 찾아왔다가 잠시 놀러나갔는데,
곧 다시 엄마 배 속으로 와주길~ㅎ 모두 안녕히 주무세요~

기적의*

소원이 이루어지기를 멀리서 기도합니다.

애플선데*

어차피 다른 글들에 묻혀 없어지겠지만, 뭔가 족적을 남기
고 싶어서 가입까지 했네요. 창업한 뒤 매일매일 일에 빠
져 살다가 이 여행기를 보면서 많은 생각이 들었습니다.
조만간 오픈하는 프로젝트도 이 여행기처럼 놀라운 일이
벌어졌으면 좋겠네요. 창업하는 게 꼭 여행을 떠나는
기분이 들더라고요.

고바르초*

뭔가 사소한 듯하지만 사진 한 장 한 장에 열광하고 같이
여행가는 듯한 기분이 들어서 너무나 좋다. 배드맨님 땡큐.

BIG* 간만에 정말로 즐겁고 행복해졌네요. 회사 다니다 짤리고... 사업하다 망하고 빚은 늘고 몸은 망가져가고 공황장애에 우울증... 무기력증에 대인기피까지... 가족들에게선 버림받고... 혼자 어두운 골방에서 나오지도 아니하고 나쁜 생각만 하다가 글 읽으면서 예전에 활기차고 밝았던 제 모습이 기억나면서 다시 용기내어 일어나 방 밖으로 나와 봅니다. 감사합니다. 정말로...

summer*** 우리가 이렇게 3일을 달려온 이유가 여기에 있었네요~ 아바타님의 열정을 보며 우리 안에 숨어 있던 열정을 찾아내고 있었던 듯해요. 다시 그 잊고 지낸 열정 찾으신 것 축하드리며 힘 내서 달려봐요~ 그까짓 빚 왔으면 또 가는 날이 오겠죠~ 하루하루 주어진 것 안에서 웃음 잃지 말고 달려요, 우리~~

매력가*

즐거웠습니다! 멋진 인생 하루였다!!!!!!!!!!!!!!!!!!!!!!

-No.5-

제4장

제주에서
김포로

제주-김포
비행기 (1시간)

AM 6:55:47

좋은 아침이다.
이제 씻고 나갈 준비를 한다.

좋은 아침이다
이제 씻고 나갈 준비를 한다

많은 응원과 도움으로 즐거운 여행을 했습니다.
이번에 새로 글을 작성한 이유는 작은 부탁을 드리기 위해서입니다.
아바타 여행의 반응이 이 정도로 커진 것이 놀랍습니다.

어릴 적 문방구 옆 놀이터에서 모르는 친구와 즐겁게 놀 수 있었던 시절과
상반되는 현실의 각박함을 벗어나고 싶은 마음도 있었을 거라고 생각합니다.
(배우 추적자분이 하신 말이지만 공감)

이제는 오시는 분들과 만나는 것 대신 현실로 돌아갈 준비를 하려고 합니다.
그래서 지금부터는 추적자에게 납치당하지 않겠습니다.

감사합니다.

어제가 여행의 클라이맥스였다면

오늘은 여행의 마지막 날이기에

정리하는 시간을 갖고 싶었다.

AM 6:57:58

아침을 먹으러 이동한다.

아침을 먹으러 이동한다

전날 제주도에 살고 있는 나의 실제 친구를 만났다.

친구는 회사에서 일을 마치고 횟집으로 나를 만나러 와주었다.

오랜만에 만나서 반가웠지만 추적자들이 많고 정신이 없어 많은 이야기를

나누지 못해 아쉬웠다. 우리는 헤어지며 다음 날 아침밥을 먹기로 약속했다.

친구가 7시쯤 호텔로 픽업을 오기로 해서 6시에 힘겹게 일어나

5일장에서 산 분홍양말을 신고 호텔을 나섰다.

 레몬립*   술 마셨으니 해장국!!!!

헬로알*

┗ 🧑 흑곰12*   헬로알* 님은 얼굴도 알려지신 연예인이시면서
               왜 가리셨나요 ㅋㅋㅋ

┗ 🧑 행복자판*   ....그는 결국 얼굴 없는 배우가 되었다고 전한다. ㅠㅠ

🧑 스티브_잡*   오늘 서울, 경기 지방 낮 시간(12~14시) 비 소식이 있습니
               다. 공항 도착하시기 전에 우산 챙기셔야겠습니다 :)
               오늘도 무사히 행복 가득한 일정 되시기 바랍니다.

               생각해보니 제주도에서의 제대로 된 식사는

               전날 아침으로 먹은 육개장뿐이었다.

               아침에 일어나자마자 배가 너무 고파서

               친구 차를 타고 밥부터 먹으러 갔다.

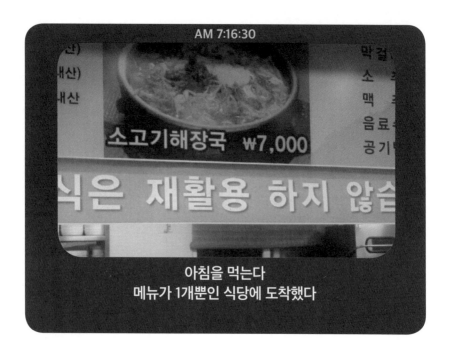

AM 7:16:30

소고기해장국 ₩7,000

식은 재활용 하지 않습

아침을 먹는다
메뉴가 1개뿐인 식당에 도착했다

아침 메뉴는 선택지로 골라볼까 했는데 도착해보니 메뉴가 하나밖에 없었다.

소고기 해장국.

하여*　　　11111 무조건 먹는다!!

서은아**　　ㅋㅋㅋㅋ 선택을 할 수 없도록 유인하다니..
　　　　　　　인공지능이 생겨버린 아바타네요ㅌㅌㅌ

옛날여자**　저.... 지금 오로지 딱 한 번 있는 기회를 단일 메뉴에
　　　　　　　뺏긴 기분인데요...... 그런 느낌적인 느낌이 드는데요....

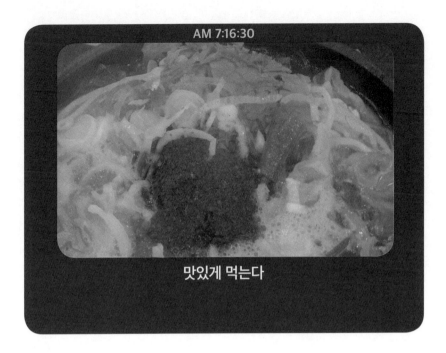

AM 7:16:30

맛있게 먹는다

레몬립*   맛있겠다

▶◀Kom*   악 참고 참았는데 첫 댓글이 맛있겠다라니 ㄷㄷㄷㄷ
                맛있겠다 ㄷㄷㄷㄷㄷㄷㄷㄷㄷㄷㄷㄷㄷㄷㄷㄷ

사나*   맛이 어떻습니까아아악

아침부터 밥 두 공기를 가뿐히 먹었다.

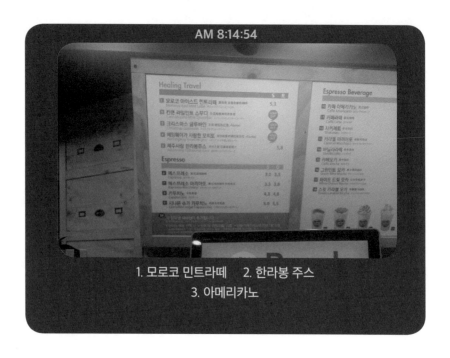

AM 8:14:54

1. 모로코 민트라떼   2. 한라봉 주스
3. 아메리카노

친구는 출근을 하기 위해 적절한 곳에 나를 내려주고 떠났다.

카페에 들러 선택지를 만들어 보았다.

mlr*   2222

햄야채볶*   제주도에 가면 제주의 법을 따라야지 한라봉 ㄱㄱ

흑곰12*   모로코 민트라떼는 도대체 무슨 맛일까요.

뤨리뤼* 이 아바타는 밤잠도 없는데 아침잠도 없다.
겨우 따라잡았지만 피로가 쌓이는 건 왜 나일까..

미* 핑크색 양말을 신었으니 점심은
좌식식당으로 보내드려야겠군요ㅋㅋㅋ

처처* 제주도 호우주의보래요ㄷㄷㄷ 이렇게 비행기는 연착되
고... 아바타는 제주도에 하루 더 묵게 되는데....
응??

배드맨  아침부터
달콤하다.

물병속* 꺅 맛나게 드시고 상콤한 하루 되세요!

검둥** 아바타 당 충전 중ㅋㅋ

꺼적 오늘도 달린닷!

1. <-
2. ^
3. ->

1. ⇦ 2. ⇧
3. ⇨

카페에서 먹기보단 천천히 걸으며 바람을 쐬고 싶어 밖으로 나왔다.

분명 카페에 들어갈 때만 해도 날이 맑았던 것 같은데 비가 오기 시작했다.

한 손으로 우산을 들고 다른 한 손으로 한라봉 주스를 들고 있으니

핸드폰을 사용할 수 없어 잠시 버스 정류장에 앉아 글을 올렸다.

 MBCFO******   1

배드맨   삼무공원으로 향한다.

AM 8:32:49

삼무공원에 도착했다

삼무공원에 도착했다

 달콤한통*   오오 아침공원

tkfkdgo****   다람쥐 쳇바퀴 돌듯 하는
전업주부인데 훌쩍 떠나고 싶어지네요.

yogini**   오오 삼무공원이시군요. 새벽에 깨서 배우님이랑 아바타님
추격하려 했는데 잠들어서(..) 집이랑 그리 멀지 않으나, 아
바타님 댓글 보고 추격은 안 하려고요. 여행 편안히 마무리
하세요:-) 즐거웠어요 많이!

전진앞으* 삼무공원 진짜 아무것도 없는 동네공원임 ㅎㅎ;;

배드맨

1. 미끄럼틀을 탄다.
2. 열차?로 다가간다.
3. 별로다. 다른 곳으로.

↳ **남자는애**** 1

나는안* 비 왔는데 미끄럼틀 ㅋㅋㅋ

이건정말** 비에 엉덩이가 젖어도 어제 빤쓰 사둔 게 많으니
화장실에서 빤쓰 갈아입으시면 될 듯~ ㅎㅎㅎ

↳ **검둥**** 정답 ㅋㅋ

배드맨

미끄럼틀을 이용했다.
넘어질 뻔했다.
1. 열차?로 가본다.
2. 다른 곳으로 이동한다.

TMA*

1

아구벙*

삼 일째 마음으로 동행 중.
네 아이 중 두 아이는 등교하고.. 두 아이 등원 남음..
이틀 동안 아바타님 때문에 약속 다 캔슬 냈어요..
마지막까지 즐겁고 건강한 여행 됩시다.

배드맨

열차는 북카페이다.
문이 닫혀 있다.
1. 양말을 벗고
자갈을 걷는다.
2. 다른 곳으로 이동한다.

 Serap***

22222

배드맨

2. 다른 곳으로 이동한다.

당근바지*

비행기 타시려면 제주시 쪽으로 가셔야 하니
한 번만 누가 납치하시는 건 어떨까요? +.+

눈빛바*

이제 납치 안 되는 아바타로 업뎃 됐대요.

👤 오빠나예** 　작성자님 맨발로 자갈 밟아보고 싶어서 선택지에 넣은 것
　　　　　　　같은데ㅋㅋㅋㅋ 조종력 자비 없음 ㅋㅋㅋㅋ이런 거 좋아
　　　　　　　ㅎㅎㅎㅎㅎ 이동 ㄱㄱㄱㄱㄱ

↪ 👤 너무행복* 　양말을 벗고 싶어서가 아니었을까요? ㅋㅋㅋㅋㅋ

↪ 👤 Serap*** 　하고 싶으시다면
　　　　　　　맨발로 자갈을 밟으면서 이동하시면 되지요~

👤 까칠한쌀** 　오늘 월차 냈다. 돌아오는 그 순간까지 실시간 탑승!!!!

🏠 배드맨  　1. 정자에 오른다.
　　　　　　　　　　　　　　　　　2. 이동한다.

↪ 👤 ㅁ_ㅁ* 　　1

👤 yan* 　삼무공원!! ㅜㅜ
　　　　중고등학교의 추억이 서려 있는 곳인데
　　　　간만에 고향 모습들 보여주셔서 정말 감사합니다...

■ 배드맨

정자에 도착했다.
1. 젖지 않은 곳을 찾아
그냥 앉는다.
2. 바로 이동한다.

● 이건정말

1

■ 배드맨

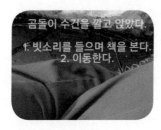

곰돌이 수건을
깔고 앉았다.
1. 빗소리를 들으며
책을 본다.
2. 이동한다.

● 돌연*

11111111

■ 배드맨

책을 읽는다. (현재 9시)
1. 9시 20분까지 본다.
2. 9시 40분까지 본다.
3. 10시까지 본다.

● 돌연*

11111111

배드맨

9시 20분까지 책에 집중하기로 한다.

몽키피드**

저도 9시 20분까지 일에 집중하도록 한다.

벌써10*

아.. 현지 시각 밤 12:57분.
아바타가 잘 때 일하고, 아바타가 일어나면 열심히
새로고침을 누르기를 3일째.... 졸리지만 행복합니다!
고요하고 단조로운 외국 홀로서기 생활에
큰 활력소가 되어주셔서 참 고맙습니다.
덕분에 저도 이번 주말엔 훌쩍 기차 타고 떠나보려 해요^^
앞으로 준비하시는 일 모두 잘 되시길 기원합니다.
큰 웃음 주신 추적자님들도 너무 수고하셨어요.
성지글이니... 우리 가족, 내 사람들, 오징어들 늘 건강하고
행복하게 해주세요!

나무*

와! 이 역사적 순간을 함께 할 수 있어서 좋습니다!!!
저도 뭔가 남기고 가고 싶어 몇 자 적습니다!
어머니 언제나 새벽같이 일 나가시는데
언제나 건강하시고 제가 매일 효도할게요! 사랑합니다!

하늘바다**

20분인데 .. 선택지를 내놓으시지요..

술먹는*

ㅎㅎㅎ 재촉하지 말고 우리도 여유를 가집시다~

하늘바다** 여러분 책이 이렇게 무섭습니다.

ㅁ_ㅁ* 그래서 전 안 봐요.

배드맨

1. 동쪽
2. 서쪽
3. 남쪽
4. 북쪽

남다른꿈* 2

주변에 뭐가 있는지도 모르니 일단 한쪽 방향으로 이동했다.

사실 비가 많이 와서 어딘가 들어가 쉬고 싶어

어느 쪽이라도 갈 생각이었다.

배드맨 서쪽으로 이동한다.

Ella* 사람들 읽지도 않고 1 아니면 2인 듯
아바타님 선택지 번호 랜덤 숫자로 해주세요.

배드맨

편의점을 발견했다.
5. 들어간다.
7. 지나친다.

스포티지*   5

배드맨

비가 점점 많이 온다.
1. 우비를 구입한다.
2. 구입하지 않는다.

스포티지*   1

배드맨

한 색상만 판매한다.
우비를 착용한다.

트*   빨간 바지에 핑크 양말에 하얀 우비! 패셔니스타?

젊은호*   비옷을 입고
함박웃음을 짓는다.

배드맨

잠시 (아이유를) 바라본다...

잠시 바라본다..

 오빠나예**

깨알힐링 ㅋㅋㅋㅋㅋㅋㅋ

아구벙*

당신과 함께 한 시간 동안 내 아이들은...ㅠㅠ
나타나라 청소요정~
으흐흐흐흐흐 어제 하루 청소 안 했더니..ㅠㅠ

건방진변**

당근바지로
나도 기분 내기~
당근당근

썬바라*

당근바지 유행예감ㅋㅋㅋ

배드맨

조금 더 가본다...
1. 서쪽으로 조금 더 간다.
2. 남쪽
3. 북쪽

스포티지*

2

오호좋습**

당신이란 남자.. 참 멋있어ㅋㅋ 나를 심해에서 이곳까지 부르다니.. 1탄부터 보다 로긴해양~~

배드맨

잠시 비를 피한다.

배드맨

물구덩이를 잘못 봐서 신발이 다 젖었다.

까만바*   사진이 긴박해 ㅋㅋ

방가방가***   새신을 신고 뛰어보자 팔짝 ㅠㅠ

배드맨

비를 피해
볼링장에 왔다.
아무도 없다????

평소 볼링을 좋아해서 볼링 간판이 있기에 들어갔더니

불이 꺼져 있고 아무도 없었다. (문은 열려 있었다.)

계속 있으면 불법 침입이 될 것 같아 서둘러 나왔다.

많은 분들이 선택지가 없다며 아쉬워했지만

현실은 선택지를 만들기가 너무 어려웠다.

비가 점점 많이 와서 핸드폰 액정은 물에 젖어 터치가 안 되고

닦으니 오히려 전체에 물기가 남아 아예 사용도 안 되었다.

어디라도 들어가고 싶어 근처에 있는 당구장에 갔지만 이곳도 문을 닫았다.

그래도 건물 내로 들어오니 비는 맞지 않아

계단에 앉아서 잠시 쉬었다.

공항가는 택시를 탔다.

공항 가는 택시를 탔다

12시 30분쯤 비행기가 출발하니 여유 있게 공항으로 갔다.

밖에 있는 것보다는 공항이 더 편할 것 같았다.

바질민트*   아바타가 추워하고, 비 맞고, 신발 젖으니
제 손이 시려운 이 느낌은 뭘까요? ㅋㅋㅋㅋㅋ

좌니놔여**   저도 추워서 핫초코 한잔 하고 있다는... ㅋㅋ

자몽나*   저도요ㅋ 따끈한 믹스커피 마시면서 새댓 확인 중ㅋㅋ

공항에 도착한 후 제주항공 데스크에서 일한다고 했던

미녀 추적자 7에게 커피 한잔을 건네주고 탑승을 준비했다.

 배드맨

1. 면세품을 구경한다.
2. 먹을 것을 찾아본다.

덕질하고** 111111

덕질하고** 출근 준비하면서 보고 있다 당첨됐어양-
오늘 회식 있는데 무사히 집에 돌아오고 싶네요ㅠㅠ
그러고 보니 어제 아바타님한테 에스프레소 콘파냐를
마시게 했는데 공항 면세점 구경도 시켜드리게 됐네요
ㅋㅋㅋㅋㅋㅋㅋㅋㅋㅋㅋ
두 번이나 조종할 수 있었다니!!!!!!!!!
로또를 사야겠습니다ㅋㅋㅋㅋㅋㅋㅋㅋㅋㅋㅋㅋㅋ

모모* 간식 투척하고 도망간 추적자 10입니다. 이제 가시는군요
ㅎㅎ 오늘 추워하시는 거 보니 어제 간식 말고 감기약이랑
우비 같은 거 챙겨드릴걸 그랬습니다 ㅠ
여행 마무리 잘 하시고 푹 쉬시길.

언니지친* 추격 금지시라고 하니 굳이 찾아가진 않을게요 ㅠㅠ
아바타님 덕분에 약 2일간 재밌었습니다.
항상 힘내시고 좋은 일만 가득하시길 빌게요!

siri01** 플레이케이팝(PLAY KPOP) 대표이사입니다.
어제 메뉴에 다금바리가 있어 살짝 심쿵했지만;;;
생각지 않게 저희 플레이케이팝이 널리 알려지는 계기가
되어 아바타님과 여러 추적자님들을 비롯한 오유 회원님들
께 많이 감사했습니다.
직원을 통해, 뜻하지 않았던 의외의 사람들을 만날 수 있었
던 즐거움과 서로의 인생 살아가는 이야기들을 잔잔히 나
눌 수 있었던 훈훈한 저녁자리였다는 얘기를 듣고 더 넉넉
히 챙겨드리지 못한 것 같아 아쉽기도 하더군요. (다금바리
만 다 드셨어도 괜찮았을 텐데.)
실시간 아바타 게임에 열광하시는 오유 회원님들과
어제 급기야 회원가입을 하고 지금까지 정주행을 계속 하
고 있는 저를 보며 뜻대로 되는 게 없는 팍팍한 세상에 많
은 분들에게 짧지만 유쾌한 축제를 만들어주신 여러분들께
다시 한번 감사의 인사를 드리고 싶습니다.
플레이케이팝이 많이 알려지게 되어 기쁜 마음도 있긴 하
지만, 저 또한 사업의 무게를 잠시 잊고 많은 힐링이 되었
던 어제, 오늘인 것 같습니다.
아바타님 마지막 여정까지 무사히 마치시길 바라고요, 이
후 모든 일들 건승하시길 바랍니다. 오유 회원님들도 혹시
제주에 오셔서 저희 플레이케이팝에 찾아주실 기회가 있으면
저와 저희 직원들도 좋은 서비스로 힐링하실 수 있도록 노
력하겠습니다.

정주행완* 대표님 멋쟁이~

하징* 적지 않은 금액을 후원하였으나, 그 이상의 마케팅
효과까지..!! 저도 다음 달에 가족들과 제주여행 계획
중인데, 기회가 되면 꼭 한번 들러보겠습니다..!
번창하시길 바랍니다.

배드맨 [Web발신]
[진에어] 20151118 출발 LJ0314편이 12시 30분에서 13시
00분으로 출발 지연되었습니다.

기상 사정으로 인한 출발 지연으로

시간이 남아 패스트푸드점에 들러 점심을 먹다 보니

배드맨  주문하자마자 바로..
빠르다..

나 말고 모두 탑승한 듯 내 이름이 방송으로 나와 서둘렀다.

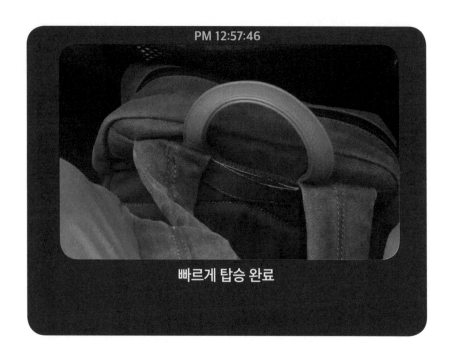

PM 12:57:46

빠르게 탑승 완료

 름시름* 조심히 올라오세요~ 고생많으셨어요.

 PathFin**** 비행기는 지금 동풍으로 동쪽 방향으로 이륙합니다.
옆에 제주시 말고 바다 보면서 올라가겠네요.

배드맨 이제 핸드폰 사용을 그만한다.

핸드폰을 끄고 잠시 잠이 들었다.

처처*

즐거웠던 50시간. 아직 몇 시간 남아 있지만
잊혀지기 힘든 시간일 것만 같습니다.

어떤 이에겐 희망을, 어떤 이에겐 즐거움을
어떤 이에겐 새로운 누군가를 만나는 설렘을
어떤 이에겐 골방에서 나올 수 있는 용기를
우리 모두에게 선사해준 시간이 아닌가 생각해봅니다.

아침에 눈을 뜨자마자 아바타를 찾아보는 나 자신을 볼 때
언제 내가 이렇게 설렘을 안고 눈을 떠보았는지도 돌아봅
니다.

오늘 하루도 모두 화이팅입니다.
아바타도 건강한 모습으로 김포에 도착하길 기원합니다.

아이고내*

이 글이 인기가 많은 건... 생각만 하고 있던 홀로 무작정
떠나는 여행을 '체험'하고 있다는 게 아닐까 싶습니다.
마음이 포근해지는 여행을 잘 봤습니다 ㅠㅠ

잘아는남*

제주도에서 화려한 만남보다도 무안에서 고즈넉한 분위기
가 더 좋았습니다. 낯선 곳에서 낯선 사람이 도움을 주고
거기서부터 많은 사람이 열광을 하는 건 우린 낯선 여행의
외로움을 알기에... 팍팍한 세상에 사람 냄새를 너무나
그리워하는 우리들의 마음이었습니다.
여행 마무리 잘 하시고 당신의 앞으로 남은 인생 여정을
응원합니다.

👤 여의도갈** 어딘가에서 언뜻 무안 가는 거 보다 보니...어느새 정주행...
간만에 사람 내음 가득한 글을 본 것 같네요.

👤 물차김* 감사합니다. 직접 가지는 않았지만 팍팍한 내 삶에 쉼표를
주셨네요. 실제 여행에서 찾아오는 그런 것 말입니다.
너무 감사했습니다.

다시 성지에 소원 빌어야지.
쓰러져가는 내 장사 일으켜주세요.
더 이상 외롭지 않고 잘 섞여들어가는 그런 삶을 주세요.
그리고 주위 모든 사람들이 사람 좋게 웃으며 보듬게 해주
세요.
모든 사람들의 감정에 평안한 만족이 오게 해주세요.
사람들에게 사람의 향기가 나도록 해주세요....

성지에 소원을 빌어봅니다.

👤 체크넘* 처음에는 저게 정말 가능해??? 하면서 보다가
하나둘 편견들이 깨지면서 느끼는 카타르시스가 넘 좋았네
요. 유쾌한 경험이고 여행이었습니다.

👤 원더하* 덕분에 즐거웠습니다.
옆에서 놀고 있는 우리 딸이 이런 여유와 낭만, 따뜻함을
아는 사람으로 자라면 좋겠네요.
수고 많으셨어요.

똑똑** 자꾸만 아쉬운 마음이 들어서 아껴보게 되네요...
여행이 끝나면 이 많은 사람들과도 헤어진다는 생각 때문
인지 눈물 날 것 같고 ㅎㅎ;;
예쁘고 소중한 추억이 하나 생겼다는 걸로 위안 삼으면서
기쁘게 생각하도록 해야겠어요. 나 주책 맞게 눈물 흘릴
라... 아바타는 우리 마음속에 영원할꺼양!

지** 여행을 하다 보면
다시 돌아갈 차편에 몸을 기댈 때
여행을 시작할 때 느낌과는 사뭇 다른데
마치 제가 여행을 하고 다시 집으로 돌아가는 느낌이네요.
여행의 의미는 다시 현실로 돌아가기 위한 준비일 수 있고
여행을 떠나기 위해 준비하는 현실일 수 있겠지만
둘 다 알 수 없는 미래에 대한 기대감으로 살아가고 있다고
생각되네요. 그런 기대감에 만족할 만한 여행해주신 배드
맨님 고맙네요. 끝까지 좋은 여행 되길 바랍니다~

하얀손뉴* 취준생 입장에서 아무런 말없이도 위로가 되는 경험을 처
음 해 봅니다. 여행기를 보며 마음을 많이 덥힐 수 있었습
니다. 여행 중에도, 도착하셔서도 부디 많은 위로와 저희의
감사를 느끼실 수 있으셨으면 좋겠습니다...ㅠㅠ
정말 감사드립니다. ㅠㅠ 다들 화이팅!

잠자는.** 무안 다녀와주셔서 감사합니다. 제 고향이라오.

코헨자*

사람들이 이렇게 외로웠고
사람들이 이렇게 다정하네요.
성지글에 저도 소원 하나...
좋은 곳으로 이직하게 해주세요 ㅠㅠ

김깐*

광주에서 지켜보고 무안이 고향이라 한 번 더 지켜보고
본가가 목포에 있어 조금 더 지켜보고
제주도 배 타고 신혼여행 가서 항상 와이프한테 미안했는
데... 그래서 지켜보고ㅋ
어찌 됐든 계속 봤는데 너무 고생하셨고 감사해용!

o루비**

뚜렷하게 어떤 것 때문인지 모르겠는데 그냥 벅차고
눈물이 나요. 대충 나도 무언가 할 수 있을 것만 같고
용기가 생기는 것 같아요.
이렇게 큰 선물 주셔서 너무 감사해요..

나를믿지**

37살, 지금까지 했던 여행 중 가장 행복한 여행이었습니다.
저와 와이프 둘 다 제주도를 한 번도 못 가봐서 제주도 가
려고 3년 동안 잔돈 저금했는데 내년에는 아바타님 족적
따라서 여행 한번 해 봐야겠습니다~^^
감사했습니다. 정말 좋은 여행이었습니다.
아!! 그리고 오늘이 와이프와 만난 지 1,000일입니다.
여보야~ 1,000일 동안 항상 고마웠어요~
여보는 나에게 살아가는 힘이자 이유입니다~
앞으로도 행복하게 살아요~

외않**

외국에 계신 아빠 조심히 얼른 돌아오게 해주세요.
합격하게 해주세요.
부모님 돈 걱정 그만하게 해주세요.
모든 사람들의 소원이 이뤄지게 해주세요.

Sim**

저도 소원 하나 빌래요!
아빠가 루게릭병에 걸려 있는데 더 안 나빠지게 해주세요!!
아빠랑 소풍 가고 싶어요!!

백설공주*

너무 늦었나... 우리 아이
마지막 남은 장애인 학교 합격하게 해주세요. ㅠ.ㅠ

.

.

.

.

.

사람들은 서로 응원하고 위로했다.

나도 마음속으로 응원했다.

모두의 소원이
이루어지기를

아바타 여행의 마지막 사진.

뜻하지 않게도 좋은 분들과 함께 할 수 있어서 행복했다.

우리가 함께 해서 즐거웠던 그 느낌을

이 사진 한 장으로 말하고 싶었다.

꿈 같았던 2박 3일간의 여행.

-끝-

뒷이야기

김포공항에서는...

 sikw**

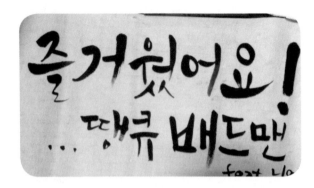

이거 들고 김포 갑니다. :)

직접 쓴 글을 들고 계시는 바람에 조금 민망했습니다.

 sikw**

아바타 2호기와 그의 1호 추적자와 공항에서 대기 중!!!!!!

내 뒤를 이어 아바타를 하겠다는 분.

 갈등론*

공항 계신 분들 커피 나눔할게요. 많이는 못 드려요 ㅠㅠ
출국장 앞에 있습니다!

내가 타고 가는 비행기를 추적하는 분.

 4번타*

ㅠㅠ

 공부공*

부천이 집인데 낙하산 준비하시죠.

갈등론*

!

 sikw**

당근바지 도착 ㅋㅋㅋㅋㅋㅋ 고이 보내드렸어요.

새로 시작하는 분은 그분 나름대로 잘 마무리하길 바라며.

epilogue :
감사합니다

여행을 마치고 집에 돌아오니 피로가 밀려왔다.

아바타 여행의 마지막 사진을 업로드한 후 간단히 짐을 정리하고

자려고 누웠는데 가만히 2박 3일간의 여행을 떠올려보니

참 좋은 여행이었다.

사실 여행은 걱정이나 고민을 해결해주지는 않는다.

이번 여행 역시 떠나기 전과 후는 크게 다르지 않다.

다만 여행에서 느낌 감정이나 만난 사람들로부터 얻은 힘은

좋은 활력소가 된다.

아바타 여행을 하면서 많은 감정들이 있었다.

가장 긴장감 있고 재미있었던 순간은 제주행 배를 타러 가던 길이다.

목포항까지 걸어가던 나를 목적지에 데려다주려고 멀리서 차를 타고 온

어느 분 덕분에 아슬아슬하게 제주행 배를 탈 수 있었다.

그분은 내가 정확히 어디에 있는지도 모르면서 도와주러 왔고,

멀리서 왔음에도 늦지 않게 만날 수 있었고,

덕분에 제주에 갈 수 있었다.

목포에서 저녁으로 삼겹살을 먹고 있을 때 밥값을 계산해준 분도 있다.

정말 예상할 수 없었던 상황이라 당황했던 기억이 난다.

가게 직원분이 계산이 다 됐다고 했을 때 무슨 말인지 이해가 되지 않아

재차 되묻고 나서야 상황을 알게 되었다.

그분은 하루 종일 아바타 여행기를 즐겁게 봤다며

맛있게 식사하라는 말을 남기셨다.

내 여행을 이토록 응원해주시고 도와주시는 분들이 있다는 것에

감동과 좋은 기운을 얻을 수 있었다.

제주에서는 의도치 않게 특정 업체를 홍보하는

상황이 되어버려 살짝 기분이 상하는 일도 있었다.

플레이케이팝 직원분이 추적자로 찾아와 명함을 건네주며

늦게라도 무료로 이용하게 해주겠다고 꼭 들러달라고 부탁을 했다.

그때 명확하게 거절을 하지 않았던 이유는

그 직원분이 부탁을 마치고 다시 회사로 돌아갈 줄 알았다.

그분은 계속 여행을 함께 했고 제주도를 둘러보는 동안

플레이케이팝의 또 다른 직원분도 합류했다.

많은 추적자들이 모이게 되니 내 생각대로만 움직일 수가 없었다.

자연스럽게 플레이케이팝으로 이동하게 되었고

회사 대표분이 저녁까지 푸짐하게 해결해주었다.

네티즌분들과 함께 하는 여행이 홍보 목적으로 이용된 것 같아

기분 나빴던 것은 사실이지만 그래도 많은 추적자들에게

베푼 호의는 고맙다고 생각한다.

여행 기간 동안 저를 찾아오셨던 추적자분들과

아낌없는 응원과 지원을 해주셨던 모든 분들에게

감사하다는 말을 하고 싶었습니다.

감사합니다.